LE

CHALET D'AUTEUIL

OUVRAGES DE J. T. DE SAINT-GERMAIN

PARIS. — IMPRIMERIE SIMON RAÇON ET COMP., RUE D'ERFURTH, 1.

LE
CHALET D'AUTEUIL

LÉGENDE

PAR

J. T. DE SAINT-GERMAIN

AUTEUR DE LA LÉGENDE DE L'ÉPINGLE, ETC.

Il ne faut jamais mentir

DEUXIÈME ÉDITION

PARIS
JULES TARDIEU, ÉDITEUR

15, RUE DE TOURNON, 15

1865

A

MON FRÈRE ALEXANDRE

Mon cher ami,

Si je demande la permission de placer ton nom au commencement de mon petit livre, ce n'est pas que cet opuscule soit digne d'attirer l'attention d'un connaisseur ; mais l'admirateur des maîtres de l'art daigne quelquefois donner un regard à une œuvre secondaire, à une étude ou à un modeste tableau de genre.

Comptant sur ton indulgence accoutumée, je me trouve heureux d'inscrire ici le souvenir de notre fraternelle et inaltérable amitié.

Ton frère affectionné,

J. T.

Juillet 1862.

1

LE
CHALET D'AUTEUIL

I

ADAGIO

Celui qui autrefois a essayé de conquérir une modeste notoriété littéraire à la pointe d'une *épingle* entreprend aujourd'hui de célébrer les charmes de la nature, peignée, taillée, sablée, ratissée et arrosée de la campagne parisienne; il décrit les tempêtes qui

peuvent surgir dans un petit bassin à poissons rouges.

Bien que la critique indulgente lui ait
assigné la spécialité des émotions douces,
une irrésistible ambition lui disait que l'élément dramatique ne lui était pas étranger ;
c'est ainsi qu'un poëte se croit volontiers
un profond politique, qu'un homme d'État
se prend pour un grand capitaine et qu'un
peintre veut être un habile joueur de violon ;
ces illusions ne sont pas rares.

On verra donc pour la première fois, dans
les écrits de l'auteur, une scène véritable-
ment tragique, une victime innocente frappée par une arme meurtrière... C'est une
concession qu'il a cru devoir faire au goût
du jour. — Mais si, conformément aux pré-
ceptes des maîtres, il est parvenu à inspirer
la terreur et la pitié, il prie ses trop sen-

sibles lecteurs de ne pas s'affliger outre
mesure pour des malheurs imaginaires, et
il ne peut s'empêcher de les prévenir dès à
présent que tout finira à l'entière satisfaction de leur bon cœur, bien que ceci soit
contraire à la règle qui veut que le dénoûment soit incertain, et que la curiosité reste
en suspens jusqu'à la dernière scène.

1.

II

IDYLLE

Un spirituel écrivain a traité bien irrévé-
rencieusement la villégiature des environs
de Paris : « Les Parisiens, dit-il, les affaires
de la journée finies, se sauvent dans toutes
les directions sur les ailes des chemins de
fer, et passent leurs soirées dans les villas
et les cottages qui forment à la grande ville
une verdoyante ceinture ; mais les Parisiens

ne sont pas si pittoresques, si campagnards et si amateurs de la nature que cela. Ils s'ennuient au milieu des fleurs et des arbres, et quand ils ont fumé deux ou trois cigares, lu *la Presse* ou *la Patrie*, regardé les images d'un journal illustré, poussé les billes sur le tapis vert d'un billard, adressé quelques galanteries banales aux femmes qui font de la tapisserie ou du crochet près de la lampe, essayé quelques motifs au piano, contemplé du haut du perron la lune montant derrière les feuillages, ils remarquent avec effroi qu'il est à peine neuf heures et demie, et ils ne savent plus que faire de leur personne[1]... »

Il y a cependant de jolis nids de fleurs dans cette *ceinture fleurie* qui enlace la

---

[1] Théophile Gautier, *Moniteur* du 7 juillet.

grande cité, et ceux qui les habitent n'ont peut-être pas tort de les préférer à un cinquième étage du boulevard des Italiens, qui leur coûterait le même prix.

Je n'en veux pour exemple que le chalet que voici, à l'extrémité du village d'Auteuil, à l'entrée du bois. Tout le monde le connaît dans le pays, car ce chalet n'a rien à cacher derrière ses rideaux roses, et il laisse voir toute sa grâce à travers une barrière rustique couronnée d'une traînée de houblon et de glycine; c'est le chalet à M. Simon.

Ce chalet est un vrai joujou de Nuremberg tout enluminé et *peinturluré*, avec des vitraux en couleur, des vases de porcelaine bleue sur les pilastres, sur les balcons et les corniches, de petits jets d'eau sur la pelouse, une petite grotte en rocaille avec fontaine murmurante, un colombier sans colombes, un mausolée en ruines dans le fond du jardin et du beau sable rouge dans les allées tournantes; que tout cela est donc joli !

Et voilà une gracieuse fée aux cheveux d'or tout habillée de nankin, soulevant avec grâce sa large jupe grecquée et soutachée (c'est très-champêtre) pour passer dans les allées de son parc. Son teint éclatant est encore relevé par le rayonnement de sa riche chevelure, qui estompe sur son front et sur ses joues arrondies quelques reflets lumineux. Elle s'arrête devant chaque buisson, elle enlève les fleurs fanées, et avec une petite éponge elle fait la toilette de chaque feuille de rosier pour qu'il ne reste pas un grain de poussière. Elle se recule de deux pas pour voir l'effet de son œuvre, et elle remonte en chantant l'escalier sonore qui règne en dehors du chalet aux rideaux roses.

Elle a bien d'autres choses à faire ; elle va redescendre pour donner à manger à ses serins, à ses pintades, à ses poissons rouges, à toutes ses bêtes, et puis elle ira *étudier* à son piano et faire sa partie dans le morceau d'ensemble des trois cents pianos qui fonctionnent régulièrement à la même heure dans le voisinage. C'est la châtelaine, qu'il faudrait écrire *chaletaine*, si l'usage n'avait prévalu sur l'étymologie.

Et M. Simon ? — Eh bien ! M. Simon, il est au ministère ; il reviendra dîner, et il rapportera quelque joli madrigal qu'il aura composé en route, et écrit en lignes pleines sur le papier officiel, pour ne pas être soupçonné de prosodie. Mais cette facilité poétique ne nuit ni à son travail ni à son avancement : il est bien posé dans les bureaux, il sera bientôt sous-chef, et son avenir est couleur de rose.

Le sifflet signale l'arrivée du train de cinq heures qui ramène à Auteuil tous les employés et les gens d'affaires; et voici M. Simon en personne. On le reconnaît entre tous à son paletot rose, à sa figure plus rose encore. Il porte sous son bras son grand portefeuille ministériel, et il va bien vite.

La jeune madame Simon est descendue plus vite encore, et se trouve en observation à la grille pour l'attendre et lui ouvrir. Elle lui prend la main et lui fait passer en revue les rosiers et les fleurs nouvelles, jusqu'à ce que la bonne, qui est en même temps cuisinière et femme de chambre, fasse résonner tout près de leurs oreilles une grosse cloche pour annoncer dans le pays que madame est servie.

Jamais on ne vit plus heureux ménage encadré dans une plus gracieuse demeure. Ils sont mariés depuis quelques années; mais comme ils n'ont pas d'enfants, ils se croient encore les fiancés de la veille, ils sont éclairés par les douces lueurs d'une éternelle lune de miel.

Ils jouissent d'une certaine aisance, fruit de leur modération, de leur petite fortune personnelle et du travail de M. Simon, que son aimable caractère a fait surnommer par ses amis *Simon le Franc.*

Un oncle de madame Simon habite à Saint-Cloud une maison de campagne qui est un véritable domaine. C'est un oncle modèle qui adore et gâte sa nièce, et lui a encore donné récemment une belle paire de boucles d'oreilles. On se voit souvent en traversant le bois de Boulogne.

Quelques amis sont admis à visiter le chalet dont les guirlandes semblent écrire sur le fronton, en lettres fleuries : « Ici l'on aime ! »

Une fois seulement un vent contraire avait ridé la surface du lac limpide, et voici à quelle occasion :

M. Simon avait un jeune frère dont il avait été longtemps le mentor et le soutien ; mais il s'était lassé de lui fournir de l'argent bien mal employé. A la prière de sa femme, il avait encore consenti à répondre pour une somme de trois mille francs. Il avait donné sa signature, que son frère prodigue avait promis de dégager en temps utile, en faisant les fonds d'une traite que Simon le Franc, assez inexpérimenté en cette matière, avait eu l'imprudence de tirer sur un banquier espagnol à Bordeaux.

2

Le jeune frère, après avoir négocié à Paris
cette traite dont il avait fait argent comptant, était parti et avait écrit de Bordeaux
une lettre très-rassurante en déclarant que
cet argent l'avait sauvé et lui avait permis
d'attendre d'autres ressources au moyen des-
quelles il avait fait les fonds de la traite
payable à Bordeaux, puis il annonçait qu'il
allait partir pour l'Espagne comme attaché
à nous ne savons quelle spéculation de chemins de fer. C'est ainsi que l'inexorable
question d'argent peut faire pénétrer mo-
mentanément le trouble chez les gens les
plus désintéressés.

Enfin ce nuage avait passé, et c'était en
toute sécurité, avec un grand calme d'esprit
et une douce joie au cœur, que Simon, au
moment du dessert, tirait de son immense
portefeuille un papier rose contenant un

sonnet adressé à sa femme qui s'appelait Laure ; il va sans dire que Simon le Franc était Pétrarque, et que Laure accueillait d'un sourire, et quelquefois d'une larme plus douce encore, le dernier vers du sonnet sentimental.

Dans ce charmant réduit, une lumière reposante pouvait pénétrer à travers les vitraux bleu de ciel, mais on n'y craignait pas les orages de la nature, encore moins ceux du cœur.

Après le dîner, Simon, offrant le bras à sa jeune femme, descendait avec elle les marches du perron ombragé, s'arrêtait sur la pelouse, et, plaçant Laure en regard du soleil couchant, il mesurait des yeux l'ombre de Laure qui touchait presque les murs de son domaine ; et, non content de sa propre poésie, il déclamait, en lui tenant la main, les beaux vers de Soulary :

« Je ne veux qu'un arpent, — pour le mesurer mieux,
Je dirais à l'enfant la plus belle à mes yeux :
Tiens-toi debout devant le soleil qui se lève. »

— Mais il va se coucher, disait Laure en riant.

— Ne fais pas attention, répondait sérieusement Simon, c'est pour la rime, mais écoute le reste :

« Aussi loin que ton ombre ira sur le gazon,
Aussi loin, je m'en vais tracer mon horizon ;
Tout bonheur que la main n'atteint pas n'est qu'un rêve. »

Quand la conversation est montée sur ce ton et quand un aimable poëte en fait les frais, la soirée est douce et bien vite passée. Le lendemain semble promettre des fleurs nouvelles pour le jardin et de nouvelles poésies pour le portefeuille ministériel.

III

UN LENDEMAIN

Que faut-il pour troubler un parfait bonheur, une entente cordiale, une confiance
illimitée? Que faut-il pour apporter le trouble, l'inquiétude, la division, la fraude, les
démarches inconsidérées, pour assombrir le
chalet lumineux, pour faire négliger la toilette des rosiers, pour faire mourir de faim
les serins et les poissons rouges? — Rien,

2.

moins que rien ; pas même la visite du fac-
teur, qui, avec sa figure placide ou sou-
riante, porte souvent dans sa boîte une ma-
chine infernale. — Il ne faut qu'un coup de
sonnette.

Simon venait de partir radieux. La bonne
était au fond du jardin ; Laure ouvrit elle-
même. Un homme d'une politesse maladroite demanda M. Simon, et présenta un
papier surmonté d'un timbre menaçant.

Il y a des gens auxquels un carré de papier timbré fait l'effet d'un revolver à double
charge, car ce papier veut dire : « Si vous
ne payez pas, moi, la loi et la force, je vous
prends votre chalet et vos fleurs, et vos poissons rouges, et votre liberté ; je vous sépare
de ce que vous aimez, et je voue votre nom
à l'ignominie. »

La figure de Laure se couvrit d'une vive

rougeur, mais elle se remit bientôt et se félicita de l'absence de Simon, qui, gâté par une vie trop paisible, et déjà mécontent de son frère, n'aurait pu supporter sans péril une telle secousse.

Elle envisagea en un moment la situation : c'était la traite de trois mille francs tirée sur Bordeaux qui revenait avec un protêt, faute de payement, malgré la promesse écrite du frère perfide qui avait affirmé que les fonds étaient faits.

« C'est bien, dit-elle ; mon mari est absent, mais on passera aujourd'hui ou demain matin chez M. Barillet.

— Avec les fonds ? dit le représentant de l'huissier.

— Cela s'entend, reprit la dame sans hésiter.

— Et avec les frais énoncés au protêt ?

— Avec les frais.

— Aujourd'hui, ajouta l'huissier avec quelque insistance.

— Aujourd'hui ou demain matin.

— Cela vous regarde, répondit l'homme de la loi avec indifférence, car on prendra jugement à midi. »

Atteignant alors sa plume et son encrier portatif, il remplit sur le protêt la formule : « Parlant à son épouse, ainsi déclarée, » et se retira avec la meilleure politesse d'un clerc d'huissier.

Laure, livrée à elle-même et tenant toujours à la main le fatal papier, demeura quelques instants interdite ; elle savait que Simon n'était pas en mesure de faire ce remboursement. Elle avait entendu dire qu'on pouvait encore faire un billet et ne pas le payer, que cela se voyait tous les jours, mais qu'une lettre de change était un cas plus grave.

Elle redoutait l'indignation de Simon, dont, par bonté, elle avait presque forcé la main en l'engageant à secourir encore une fois un frère qui avait si mal répondu à cette confiance. Jamais, elle le savait, son mari ne pardonnerait ce manque de foi.

Mais c'était une femme de résolution; son courage suppléait à la force qui pouvait lui manquer; aucun témoin n'avait assisté à la visite de l'huissier, elle était maîtresse de son secret; elle prit bien vite son parti. Il fallait trouver tout de suite un moyen d'éteindre cette fâcheuse affaire sans même que Simon pût s'en douter.

Mais déjà quelle cruelle extrémité d'avoir un secret pour cet excellent ami qui était la sincérité en personne; d'être obligée de

tromper, de mentir! Comment ne pas rougir quand il lui demanderait compte de sa
journée avec son aimable sollicitude! il le
fallait pourtant.

Elle songea tout d'abord à son oncle de
Saint-Cloud, M. Leblanc, qu'elle pouvait
aller voir en une heure, et qui aurait tiré
trois mille francs de son portefeuille aussi
facilement qu'elle tirerait, elle, un louis de
son porte-monnaie ; mais il eût fallu dire
pourquoi on avait besoin de tant d'argent,
et l'emprunteur Raoul Simon avait déjà fait
une brèche à cette caisse. Laure eût donc
soulevé de nouveaux orages, et son secret
eût pu être compromis.

Elle s'habillait en songeant à ces diffi-
cultés, et sans savoir encore où elle irait,
lorsque son regard se porta sur les boucles
d'oreilles en diamants que son oncle lui

avait apportées pour sa fête. Elle resta quelque temps pensive.

« Que d'argent, se dit-elle, est condensé dans cette goutte de lumière ! C'est bien à moi, et avec cela j'aurais de quoi payer, sans rien demander à personne. Mais cela ne se peut pas, ajouta-t-elle avec regret ; il faudrait dire que je les ai perdues ; je voudrais bien ne pas trop mentir, pourtant ! »

Laure regarda dans la glace, comme si l'image de sa franche et pure physionomie pouvait lui donner le conseil qui lui manquait. Elle mit ses pendants d'oreilles en murmurant : « Peut-être ! »

Elle sortit, en avertissant la bonne qu'elle allait à la ville et qu'elle rentrerait de bonne heure.

IV

CHANGEMENT A VUE

Laure se fit conduire tout droit chez M. Léopardi, ancien ami de François Simon, dont celui-ci lui avait procuré la connaissance. C'était un homme d'une probité reconnue, qui avait une nombreuse clientèle et faisait de belles affaires dans le commerce des diamants.

« Cher monsieur, lui dit-elle, je viens

me livrer à vous; voulez vous avoir confiance
en moi? puis-je compter sur votre discrétion?

— La confiance, belle dame, dit galam-
ment M. Léopardi, vous l'inspirez tout d'a-
bord que vous paraissez ; quant à la discrétion, mais c'est notre état, c'est un devoir et
même un intérêt ; parlez, vous êtes ici au
confessionnal.

— Ne croyez pas que j'aie à m'accuser
d'une faute, d'une imprudence ou de quelque intention mauvaise, dit la dame avec
fierté. Vous connaissez Simon ; avec une apparence de force et de santé, c'est la nature
la plus faible, la plus impressionnable; c'est
une femme.

— Et c'est vous, charmante personne, dit
M. Léopardi, qui êtes l'homme de la maison,
à ce qu'il faut croire? je soutiens, moi, que
vous en êtes le bon ange.

3

— J'ai du moins le courage de regarder en face une position difficile et de chercher les moyens d'y remédier.

— C'est sagement parler, et vous êtes dans la bonne voie.

— Eh bien, dit Laure, pour aller au plus pressé, voici ce que nous avons à payer ; et elle lui tendit le papier.

— Oh ! oh ! s'écria le joaillier en prenant son pince-nez ; le protêt d'une lettre de change ! cela ne plaisante pas. Et que comptez-vous faire ?

— Je veux payer sans rien dire à personne (personne autre que vous) ; d'abord, parce que Simon ne serait pas en mesure de payer en ce moment, et puis, parce que la conduite de son frère, qui avait promis de tenir prêt l'argent et qui lui a manqué de parole, lui ferait beaucoup de peine.

— C'est d'un bien bon cœur, dit Léopardi ; et, pour payer, vous êtes donc en mesure ?

— Non ; je n'ai pas trois cents francs dans ma bourse ; mais voici des boucles d'oreilles qui sont bien à moi ; et maintenant que vous savez quel est mon embarras, et dans quel but je veux vendre mes diamants, dites franchement, voulez-vous m'aider ?

— Cela n'est pas régulier, dit Léopardi en examinant attentivement les boucles d'oreilles ; oui, dit-il en les faisant passer sous la lentille d'une loupe, ce sont des diamants du Brésil d'une belle eau. Cela vaut environ trois mille francs, peut-être un peu plus.

— C'est bien ce que je suppose ; vous savez pourquoi je les vends ; voulez-vous me les acheter ?

— Mon enfant, dit Léopardi, que sa bonté et son âge entraînaient à une certaine familiarité, je vous le disais, vous êtes simplement un ange ; mais je ne puis vous les acheter. »

Laure, qui espérait déjà une autre réponse, se leva consternée.

« Ainsi, vous doutez de moi ? dit-elle.

— Pardon, chère madame, reprit Léopardi en la retenant ; qui pourrait douter de votre sincérité et de tous les bons sentiments qui animent ce cher cœur ? Vous voulez, je le sais bien, prendre pour vous toute la peine, tout le sacrifice, et épargner aux autres le moindre souci. Mais vous n'avez pas même la liberté de vous dévouer ; vous êtes en puissance de mari. — Non, je ne puis vous acheter vos diamants, même pour le charitable usage que vous en voulez faire ; cependant, je veux vous aider. »

A ce mot, Laure, qui était restée debout, consentit à se rasseoir et prêta attention.

« Écoutez-moi bien, reprit Léopardi. Je vous remercie de m'avoir fait votre confidence; cela me repose, croyez-le, de toutes sortes de choses moins louables qui passent souvent sous mes yeux; car nous voyons de tout, nous autres; le diamant n'est pas toujours pur, et on le trouve souvent en contact avec une vase immonde. Je déclare que j'exècre le mensonge, même quand on cherche à l'excuser par la meilleure intention, il en résulte toujours quelque malheur; croyez-moi, je vous assure que j'aimerais mieux vous voir tout dire à François, quoi qu'il en pût arriver. Il trouverait bien quelques ressources; je connais sa position; elle est excellente.

— Je vous ai dit qu'il en serait malade, interrompit Laure; il faut que ce soit payé aujourd'hui.

3.

— N'en parlons plus, dit avec bonté Léopardi en ouvrant un tiroir. Voici, pour commencer, trois billets de mille francs ; mettez-les tout de suite dans votre portefeuille avec ce vilain papier timbré qui ne devrait jamais se trouver en contact avec vos jolis doigts.

— Que vous êtes bon ! dit Laure.

— Comment ? reprit Léopardi étonné ; les affaires sont les affaires ; vous allez me signer, s'il vous plaît, le papier que j'écris :

« Je reconnais avoir reçu de M. Léopardi, sur le dépôt que je lui fais de deux diamants du poids de...., la somme de trois mille francs, pour payer aujourd'hui même, entre les mains de M. Barillet, huissier, une traite de pareille somme, tirée par mon mari sur Bordeaux et protestée faute de payement. » Est-ce bien cela ?

— Parfaitement, dit Laure.

— Remarquez, ajouta-t-il, que j'exprime la destination de la somme, pour qu'à tout événement il ne reste pas en mes mains une pièce compromettante pour votre signature.»

Et prenant à son tour la plume :

« Voici, dit-il en écrivant, un reçu du dépôt que vous me faites de vos diamants ; il est entendu que je vous les rendrai contre payement des trois mille francs et des intérêts, pour que vous ne m'ayez aucune obligation.

— Vous savez, au contraire, combien vous m'obligez, reprit la jeune dame avec empressement; vous me sauvez, et vous me laissez encore le moyen de recouvrer ces bijoux auxquels je tiens beaucoup, non pour leur valeur, mais pour leur origine; une circonstance heureuse peut se présenter.

— Eh bien, dit Léopardi en regardant

attentivement les diamants, puisque vous les aimez, vous ne vous en séparerez pas tout à fait. Vous emporterez au moins leur portrait. Prenez ce journal, et ayez la bonté de m'attendre quelques instants. »

Il sortit en emportant les boucles d'oreilles, et il rentra bientôt avec deux pierres d'un grand éclat, qu'il ajustait avec une pince dans la couronne d'or des boucles d'oreilles.

« Oh ! je n'oserai jamais, dit Laure ; ce serait mentir.

— Et que faites-vous depuis ce matin, pauvre enfant? Votre bon cœur vous a entraînée à toutes sortes de dissimulations, et vous n'êtes pas au bout. Ce sera bien plus mentir, si vous êtes obligée de prétendre que vous avez perdu vos bijoux. Je défie vos amis et votre oncle lui même de reconnaître la

substitution ; il faudrait un véritable connaisseur. Je vous dis que le métier se perd ; voyez
un peu ces feux, ajouta t-il en faisant mi-
roiter les nouvelles pierres en pleine lumière ; mais faites bien attention que je ne
vous rendrai les vôtres que si vous me rap-
portez celles-ci, qui ont aussi leur valeur.

— Le fait est que c'est à s'y tromper ! c'est
merveilleux, » dit Laure.

Et après des remercîments bien sincères,
elle prit congé du modèle des lapidaires.

« Ne me remerciez pas, lui disait encore
Léopardi en la reconduisant. Je vous le dis,
le coq n'aura pas chanté trois fois que vous
vous trahirez vous-même. »

V

DISSIMULATION

Laure remonta en voiture, heureuse de sa négociation, mais encore inquiète des conséquences dont l'avait menacée M. Léopardi. Elle se rendit aussitôt à l'étude de Me Barillet, rue des Trois-Bornes, où elle fut assez intimidée des regards curieux des clercs et des visiteurs. Là, du moins, elle put retrouver l'assurance d'une personne qui vient apporter de l'argent et non en demander : la nuance est sensible.

Elle retira la traite acquittée, dont elle paya le montant, y compris les intérêts et les frais, qui n'étaient pas considérables, et elle serra dans son portefeuille cette pièce précieuse et si chèrement acquise; car ce n'était pas seulement les diamants ou l'argent qu'elle regrettait, c'était ce secret qui lui était à charge.

Les boucles d'or pesaient à chacune de ses oreilles comme un poids de vingt livres, et il fallait qu'elle se dît à chaque instant qu'elle avait agi dans le seul intérêt du repos et de la santé de son mari, pour se pardonner une telle dissimulation.

Elle fit encore deux ou trois visites à ses amies, car il fallait bien avoir été quelque part ; elle rentra très-fatiguée, aussi contente d'avoir conjuré une crise qu'inquiète des incidents qui, d'un moment à l'autre, pouvaient surgir d'une situation si fausse.

Laure se hâta d'ôter ses boucles d'oreilles, qui lui brûlaient les joues, et dont elle avait fait la première expérience en visitant ses amies; elle échangea sa robe de soie contre un peignoir, et mit le petit bonnet de maison le plus simple pour se reposer de ce luxe menteur.

Simon rentra plus joyeux et plus empressé que jamais. Il trouva sa femme charmante avec son bonnet du matin, lui reprocha d'être un peu pâle, et lui déclara qu'elle était ainsi plus intéressante et plus *idéale;* puis, comme à l'ordinaire, il lui demanda compte de sa journée.

Pour cacher son trouble, Laure mit beaucoup d'animation à lui raconter les conversations insignifiantes des dames qu'elle avait rencontrées dans le cours de ses visites. Elle souffrait de ne pouvoir lui ouvrir son cœur avec sa franchise accoutumée; elle n'osait trop le regarder en face, et avant que le coq eût chanté, elle était déjà sur le point d'accomplir la prédiction de Léopardi.

Pour se donner une contenance, elle abordait toutes sortes de sujets avec une gaieté de commande, et elle dépassait le but en *affectant* d'être naturelle. Elle se consolait un peu de son artifice en voyant son mari si calme et si heureux; et après tout, la Fontaine avait peut-être pensé à ses diamants en disant à l'avare de la fable :

> « Mettez une pierre à la place;
> Elle vous vaudra tout autant. »

4

V

EXPERTISE

La tranquillité rentra peu à peu dans l'esprit de Laure ; et si elle ne put se mettre au diapason de l'inaltérable sérénité de Simon le Franc, elle put du moins reprendre avec sollicitude le soin de son jardin qu'elle avait négligé au point qu'on avait vu une feuille tombée rester une journée entière dans une allée de sable rouge, ce qui était sans

exemple avant les graves incidents qui venaient d'agiter cet intérieur jusque-là si
paisible.

Simon trouvait depuis quelque temps sa
femme un peu changée, sans pouvoir deviner la cause qui avait agi sur sa santé. Il
voulut la distraire par quelques réunions,
bien que le tête-à-tête, dans lequel il pouvait épancher en toute liberté sa poésie du
jour, eût toujours ses préférences.

Il invita quelques amis, parmi lesquels se
trouvait en première ligne l'oncle Leblanc,
accompagné de son fils Cinéas. Leur voiture
n'avait eu, comme on sait, que le bois de
Boulogne à traverser pour les amener devant
le chalet d'Auteuil.

M. Leblanc, retiré des affaires avec une
certaine fortune, était en adoration devant
sa nièce Laure, qu'il avait mariée et dotée.

Il ne trouvait rien de si parfait, et la comblait d'attentions et de cadeaux. Il avait chargé Cinéas d'apporter deux magnifiques ananas qui auraient fait concurrence à ceux de M. de Rothschild, et qui faisaient honneur aux serres de Saint-Cloud.

Cinéas, blond et sentimental bachelier, personnage muet, semblait concentrer toute sa vie dans ses yeux pour mieux contempler sa cousine. Simon était bien loin d'en prendre ombrage, et, en effet, il n'y avait pas lieu, mais il se serait peut-être passé de ce culte discret rendu aux agréments de sa femme.

Laure, de son côté, était assez embarrassée de produire sur son jeune admirateur l'effet de la torpille, qui engourdit ce qu'elle touche. Elle tâchait bonnement de l'encourager un peu pour qu'il ne fût pas trop ridi-

cule; mais plus elle lui adressait familière-
ment la parole, par une véritable charité
fraternelle, plus le blond Cinéas paraissait
interdit, et elle y renonçait.

Parmi les convives on remarquait aussi,
à son air d'importance, M. Bezuché, ancien
commissaire-priseur, qui, dans la conversation, semblait encore tenir à la main le
marteau d'ivoire avec lequel il arrêtait les
enchères. Il était grand amateur de bric-à-
brac; et comme il avait vu défiler sous ses
yeux toutes les vieilleries du vieux monde,
dans l'exercice de ses fonctions, il n'avait
pas manqué d'occasions de satisfaire ses
goûts.

Il s'était retiré à Auteuil, et sa maison,
en forme de castel féodal, était le plus
étrange assemblage d'antiquités qui se
puisse imaginer. Il avait horreur de tout ce

4.

qui était moderne et commode; il se servait chez lui de l'ancienne fourchette à deux branches, buvait dans un hanap sans pied, en forme de corne d'abondance, mangeait dans de lourdes faïences normandes ou limousines, pour ménager ses Palissy. Il va sans dire qu'il couchait dans un lit à colonnes torses avec baldaquin et estrade, et tout son regret était de s'habiller à peu près comme tout le monde.

Le romancier qui aurait rencontré, il y a quelques années, une occasion semblable au bout de sa plume, n'aurait pas manqué de copier le catalogue de l'hôtel Cluny, dont il a été ainsi fait plusieurs éditions par amour pour la couleur locale; il aurait décrit les bahuts, les dressoirs, les émaux, les hallebardes et autres objets hétéroclites entassés dans le musée dont M. Bezuché était conservateur ; mais nous n'avons ni le droit ni le désir de disposer si longtemps de l'attention du lecteur, et chacun peut compléter le tableau par ses souvenirs.

Il prenait fort en pitié le léger et gracieux chalet de Simon le Franc : « Combien cela peut-il durer? demandait-il avec pitié, c'est une cabane en planches, *tandis qu'autrefois* (ce mot lui revenait souvent), autrefois on construisait des édifices en bois qui n'avaient pas de fin. Voyez ces délicieuses maisons en bois qu'ils sont en train de démolir à Rouen, les Vandales, pour se faire encore une rue de Rivoli; eh bien ! monsieur, ils ne peuvent pas les abattre; il faut les scier au pied. Ils élèveront à la place quelque grande cage à poulet à six étages; l'art s'en va ; l'industrie l'a détrôné, la vapeur l'a tué et la photographie l'a enterré. »

Quand il était sur ce chapitre, il allait loin, et ses interlocuteurs n'avaient pas besoin de chercher ce qu'ils auraient à dire, car leur tour ne venait jamais.

En qualité d'antiquaire et de commissaire-priseur, il savait le prix de toute chose; et la conversation étant venue, par une transition inattendue, sur les pierres précieuses, il raconta l'histoire des diamants qu'il avait vendus, et fit la chronique de quelques dames auxquelles ces bijoux avaient appartenu.

Il exposa copieusement que le diamant se compose de lames que l'on peut enlever successivement; qu'il y en a de toutes couleurs; que les plus communs sont blancs, que les plus beaux sont noirs et nous viennent de l'Inde.

Il savait, bien entendu, non-seulement le

prix, mais le poids des plus célèbres diamants, depuis celui de l'empereur de Rus-
sie, qui pèse 106 carats, jusqu'à celui du roi
de Portugal, qui pèse 1,610 carats et vaut
cinq millions, tandis que la couronne de
France ne peut montrer qu'un méchant diamant de 136 carats, dont on ne tirerait pas
plus de un million deux cent mille francs.

Cette conversation ne plaisait guère à
Laure, qui essayait de parler d'autre chose;
mais M. Bezuché ne s'arrêtait pas pour si peu.

« A propos, dit Simon, dans l'intention
de venir en aide à sa femme, montre donc à
M. Bezuché les boutons de diamants que ton
oncle t'a donnés; voilà un connaisseur qui
pourra t'en faire compliment. »

Laure, se tournant d'un autre côté, comme
si elle avait à parler à son voisin, paraissait
ne rien entendre.

« Non, dit avec modestie l'oncle Leblanc, c'est trop peu de chose; ne parlez donc pas de cela à un amateur : *c'est du strass* ; seulement, c'est très-bien imité. »

La plaisanterie, qui était bien dans les habitudes de M. Leblanc, fut acceptée comme telle par les convives, mais elle était affreuse pour Laure seule.

« Oui, vraiment, du strass ! dit Simon avec son expansion accoutumée; ce sont les plus beaux diamants du monde; et l'autre jour, à l'Opéra-Comique, ils faisaient un effet merveilleux; montre-les donc, Laure.

— Mon ami, reprit Laure avec une indifférence affectée, je ne sais trop où ils sont; nous en parlerons plus tard. »

Simon s'était levé et avait été les chercher dans la chambre du premier. Il revint triomphant, et mit l'écrin dans les mains de M. Bezuché.

« Voyez un peu, monsieur l'expert, disait-il gaiement, à combien? — A trois mille francs, il y a marchand.

— Monsieur Bezuché! s'écria Laure, en fixant sur lui un regard expressif qui était presque un ordre, — faites attention, n'allez pas déprécier mes diamants. Vous m'entendez? ajouta-t-elle lentement avec une intention marquée.

— Je m'en garderai bien, dit M. Bezuché en la regardant attentivement; puis il baissa les yeux sur l'écrin qui était devant lui. Ce ne sont pas..., reprit-il. — Laure l'interrompit et demanda à voir la boîte. — Ce ne sont pas, continua doctoralement M. Bezuché en retenant l'écrin, non, ce ne sont pas des diamants de l'Inde, mais

ce sont de jolis diamants du Brésil, d'une
eau irréprochable, et fort bien choisis; ils
font honneur au bon goût de M. Leblanc. Il
est vrai qu'on en fait en strass qui ont à peu
près la même apparence, car on veut tout
imiter de nos jours; mais un connaisseur ne
s'y laisse pas prendre. Il est fàcheux seulement qu'une main maladroite ait faussé la
monture. —Vous voyez, belle dame, ajouta-
t-il en passant l'écrin à madame Simon très-
confuse, vous voyez que je rends justice à
vos diamants comme à vos yeux, qui sont,
si M. Simon me permet de le dire, de véritables diamants noirs.

— Ce compliment n'a plus cours, mon
bon monsieur Bezuché, dit Simon venant
au secours de sa femme fort intimidée, mais
on vous le passe pour cette fois, comme à
un amateur d'an'iquités. »

Après dîner, on se promena dans le parc en miniature ; l'oncle Leblanc avait pris le bras de sa nièce, et lui racontait les splendeurs de ses cultures et les hauts faits de ses pigeons ramiers, les plus forts coureurs de la Société des pigeons voyageurs, qui lui avaient fait gagner le premier prix au grand concours des Pigeons de Namur.

Car c'est une grâce d'état que cet amour passionné que les désœuvrés prodiguent à des objets insignifiants, puisant ainsi dans des occupations inutiles des jouissances incomprises et des inquiétudes qui sont le sel de la vie. Ainsi M. Leblanc, nous l'avons dit, aimait sa nièce au même degré qu'il aimait son fils Cinéas, l'espérance de la dynastie des Leblanc, mais on ne sait si un couple de pigeons huppés ne faisait pas un peu concurrence à ses affections de famille.

5

Cinéas, se mêlant timidement à la conversation, essayait de dire de jolies choses sur la fidélité des colombes ; mais Laure, qui d'ordinaire venait à son secours et l'aidait par charité à finir ses phrases, le laissa, cette fois, se perdre dans la fable des *deux Pigeons* dont il aurait voulu citer les plus jolis vers.

Madame François Simon était trop préoccupée de l'incident du dîner et de l'expertise de ses diamants par le commissaire-priseur. Elle était persuadée que son secret ne lui appartenait plus. La pitié de M. Bezuché, qu'elle avait provoquée, loin de lui inspirer de la reconnaissance, lui était à charge, car elle croyait remarquer en lui les prétentions d'un vieux fat qui s'était trouvé en rapport avec toute sorte de monde, qui était capable de se prévaloir de sa générosité et de spéculer sur sa discrétion.

VII

CONSÉQUENCES

Quand l'esprit est préoccupé d'une idée fixe, l'imagination se charge de donner de la gravité aux faits les plus insignifiants ; la nuit se fait autour de l'intelligence ; mille fantômes se dressent dans l'ombre ; la raison est vaincue.

Laure ne pouvait plus envisager de sang-froid la position qu'elle s'était faite par son imprudence ; elle se croyait exposée aux plus grands embarras. Ce fut bien autre chose quand elle vit arriver M. Bezuché, qui, enchanté de l'accueil qu'il avait reçu et de l'attention qu'on avait prêtée à son érudition de commissaire-priseur, venait simplement faire sa visite de digestion avec une galanterie un peu surannée.

Laure interprétait à contre-temps tout ce qu'il disait ; elle attribuait le moindre compliment qu'il lui adressait avec une politesse banale au droit qu'elle lui supposait d'être impertinent, comme confident d'un secret dont elle aurait à rougir ; elle voyait dans l'inoffensif antiquaire un spéculateur qui voulait être indemnisé de sa générosité.

Ce que c'est que la conscience ! Elle commençait à prévoir qu'elle ne pourrait porter longtemps devant son mari le poids de sa dissimulation; mais quand on est entré dans la voie du mensonge, on en sort rarement par la belle porte; l'issue d'une complète franchise lui était en effet fermée, puisque son seul but avait été de ménager la sensibilité de Simon le Franc en lui cachant la faute de son frère.

M. Bezuché revint quelques jours après avec un gros bouquet de violettes de Parme, dont le sens, suivant le langage des fleurs, signifie confidence et mystère. Il invita M. et madame Simon à visiter sa collection d'antiquités et à passer la journée dans son castel gothique d'Auteuil.

Simon accepta avec empressement, mais Laure s'excusa et dit froidement qu'elle ne savait si sa santé lui permettrait de sortir.

Quand M. Bezuché se fut retiré en déclarant que les roses commençaient à renaître parmi les lis, que madame François Simon avait toute l'apparence de la plus fraîche santé, et qu'elle serait certainement en état de lui accorder la faveur qu'il sollicitait, Simon demanda gaiement à sa femme pourquoi elle accueillait ce bon M. Bezuché avec tant de froideur.

« C'est peut-être que sa compagnie ne me plaît pas, dit Laure en repoussant le bouquet de violettes qui était resté près d'elle sur le banc du jardin.

— Raconte-moi donc, ma chère, ce qu'a fait ce félon chevalier, et donne-moi ma bonne lame de Tolède; j'irai faire le siége de son castel.

— Écoute, mon ami, dit gravement Laure, c'est une chose sérieuse, et, quoi qu'il en puisse arriver, je ne garderai pas plus longtemps ce secret.

— Quel est donc ce secret redou...table?
dit Simon en parodiant Robert le Diable, car
il ne voulait pas prendre la chose au sérieux.

— Me promettez-vous, reprit Laure,
d'avoir confiance en moi? Me connaissez-
vous assez pour savoir que je n'ai pu avoir
une intention coupable, que je n'ai fait
qu'une action juste, désintéressée, et dont
vous m'aurez peut-être plus tard quelque
obligation?

— Quel début! dit Simon avec surprise,
qu'est-ce que cela, et où veux-tu en venir?

— Si j'ai disposé d'un objet qui m'appartient, continua Laure, croirez-vous que j'ai
agi légèrement, ou bien avez-vous assez de
foi dans mon amitié pour attendre le moment où je pourrai vous expliquer mes
motifs? »

Laure était découragée; elle espérait pres-

que que ce besoin d'argent ferait soup-
çonner à Simon que la traite sur Bordeaux
n'était pas payée, ce qui lui aurait épargné
toute autre dissimulation. Mais il n'en fut
rien, Simon était bien tranquille, il se borna
à répondre :

« Ce n'est que cela? Quel ton grave pour
si peu de chose! Tu sais, chère amie, que je
me laisserais conduire par toi les yeux fermés, si je n'aimais mieux les tenir tout
grands ouverts pour voir ta douce figure. Tu
es la maîtresse de ce qui est à toi, et plus
encore de ce qui m'appartient. J'aime bien
ce chalet où nous avons été si heureux, et ces
arbres que nous avons vus grandir, et ces
lianes qui descendent jusqu'à nous ; si tu
veux les vendre, je te suivrai. » — Ici, une
citation poétique lui parut tout à fait de
circonstance :

« Moi je suis votre esclave, écoutez;
Allez où vous voudrez, j'irai. Restez, partez,
Je suis à vous... »

Il continuait à déclamer la magnifique
tirade que sa mémoire empruntait à *Her-*
nani, car la poésie lui tenait au cœur ; mais
Laure l'interrompit.

« Je sais comme vous êtes bon, mon ami,
lui dit-elle un peu rassurée. Je puis donc
vous faire une confidence que j'aurais voulu
ajourner.

— Je sais déjà, dit Simon en prenant la
main de sa femme, qu'il ne peut s'agir que
d'une bonne action.

— Eh bien ! puisque vous me promettez
de ne pas me gronder, — j'ai vendu les
diamants de mes boucles d'oreilles.

— Vos diamants ! s'écria Simon , au
comble de la surprise, et que voulez-vous
faire de tant d'argent?

— C'est mon secret ; ne m'avez-vous pas promis d'avoir confiance ? Avez-vous déjà oublié que vous voulez vous laisser conduire les yeux fermés ?

— Mais ces diamants sont d'un certain prix. Avez-vous donc joué à la Bourse comme quelques-unes de vos amies ?

— C'est un interrogatoire, je l'avais prévu. Mais, — sans jouer à la Bourse, — on peut... »

Laure souffrait de se voir ainsi soupçonnée, elle qui s'était dévouée ; elle ne savait trop que dire ; elle tenait par contenance le journal du soir, où ses yeux tombèrent sur le cours des obligations des chemins de fer.

« Sans jouer à la Bourse, reprit-elle, on peut bien acheter — des obligations ; vous m'avez donné l'exemple ; au moins on n'a pas de l'argent qui dort; et de faux diamants me font juste autant d'effet et de plaisir que des parures d'un grand prix.

— Et quel rapport y a-t-il, s'il vous plaît, Laure, entre cette confidence et le froid accueil que vous faites à M. Bezuché?

— Il faut vous le dire, vous ne devinez pas encore? Eh bien ! votre antiquaire a déclaré qu'ils étaient vrais, sachant certainement qu'ils étaient faux. Ne le voyez-vous pas à son air triomphant? Il est persuadé que je suis en faute et qu'il me fait grâce. Mais je lui dirai, au premier jour, que je n'ai pas besoin de sa générosité, et que vous savez tout.

— J'en sais, en effet, plus que je n'en voudrais savoir pour mon repos et pour le vôtre, dit tristement Simon. C'est donc M. Bezuché qui vous les a achetés? La question d'argent est bien secondaire pour moi, Laure; mais ce qui m'afflige, c'est votre dissimulation. Avez-vous donc pu penser et agir sans avoir eu besoin de me consulter? Et bien plus, vous avez eu besoin de vous cacher de moi, de votre meilleur ami. Vous n'avez pu le faire sans souffrir; je sais maintenant la cause de l'altération que je remarquais dans votre santé. Mais vous avez eu recours, sans doute, à quelque confident, car vous n'avez pu faire toute seule cette entreprise financière, vous, si simple, si désintéressée; je n'y comprends rien.

— Vous me comprendrez plus tard, dit Laure, et peut-être vous me demanderez pardon.

— Je ne sais pas deviner les énigmes; mais peut-on savoir au moins combien d'obligations on vous a données pour ces diamants, souvenir de famille qui vous venait d'un si bon ami?

— C'est facile à calculer, répondit Laure en consultant le journal. J'ai eu — onze obligations. — Est-ce qu'il faut vous les faire voir?

— C'est bien dur ce que vous me dites, Laure; je ne vous demandais pas votre secret, vous auriez pu me tromper longtemps.

— Ce n'est pas généreux ce que vous me dites, François; vous le saurez un jour. »

Les époux que nous avons vus si unis se retirèrent, chacun de leur côté, le cœur gros et assez mécontents l'un de l'autre.

VIII

COMPLICATION

Le lendemain, la matinée était radieuse ; le chalet, recevant les rayons obliques du soleil levant, était couvert de paillettes d'or, chaque grain de sable rouge mouillé de rosée brillait comme une escarboucle ; les traînées de vigne folle s'enroulaient en arabesques autour des pilastres, et toutes les fleurs avec leurs grands yeux ouverts semblaient

regarder le chalet, où dormaient sans doute
encore les deux époux.

Mais les poëtes, qui font si souvent intervenir la nature comme une harmonie qui
accompagne les sentiments de leurs person-
nages imaginaires; ceux qui ont toujours un
rayon de soleil en réserve pour une scène
riante, et une tempête dans la coulisse pour
les aventures lugubres, les poëtes inventifs
et menteurs auraient été, cette fois, en défaut : les oiseaux chantaient, la nature sou-
riait, les époux pleuraient chacun de leur
côté.

Simon, peut-être pour la première fois,
était parti de bonne heure, sans prendre son
petit café dans la salle à manger aux lam-
bris de sapin, sans serrer la main de sa
femme, sans dire au revoir ; les natures cal-
mes savent se tenir sur la réserve, mais les

caractères exagérés et démonstratifs sont quelquefois inégaux et boudeurs.

Laure, laissée à elle-même, fut d'abord bien fâchée contre Simon, car elle se savait bien innocente ; mais elle lui pardonna bientôt, parce qu'il était malheureux. Elle n'eut pas le courage de s'asseoir à cette table où elle présidait ordinairement au premier déjeuner de son mari.

Il y avait à la maison un chat blanc qu'on appelait Hermine; il était, le matin, le commensal du jeune ménage. Tout surpris du changement survenu dans les habitudes de la maison, il essaya de rappeler à sa jeune maîtresse qu'elle n'avait pas déjeuné, ce qui lui portait à lui-même un véritable préjudice. Il n'obtint pas une réponse satisfaisante, et il descendit au sous-sol porter ses plaintes à la cuisine.

La jeune femme avait bien autre chose à penser : elle voyait maintenant jusqu'où l'avait conduite un premier mensonge. M. Léopardi lui avait bien dit qu'elle ne pourrait soutenir longtemps son artifice, et qu'elle-même se trahirait ; et, par une blâmable capitulation de conscience, elle se disait qu'elle aurait peut-être mieux fait de ne rien avouer à son mari, et d'accepter l'invitation de M. Bezuché.

Il fallait qu'elle trouvât sur sa bonne mine onze obligations de chemin de fer. Elle avait presque envie de retourner chez l'obligeant M. Léopardi, de lui raconter les tristes conséquences de la substitution des diamants, et de le prier de s'intéresser encore à sa position difficile, lorsqu'on lui annonça la visite de son oncle Leblanc.

Elle s'avança pour le recevoir, et, comme

6.

un nageur épuisé qui cherche à se suspendre à une branche de saule, elle s'attacha au bras de son oncle. Elle voulait entrevoir, dans cette visite inattendue, le présage d'un heureux dénoûment.

IX

UN BAILLEUR DE FONDS

Cet excellent M. Leblanc était, comme à
l'ordinaire, d'humeur joviale. Il fallait toujours qu'il apportât quelque chose. Cinéas
était cette fois porteur d'une cage qui contenait deux magnifiques pigeons bleuâtres,
à l'œil vif entouré d'un cercle de feu, qui
étaient bien les plus belles créatures de la
gent pigeonnière décrite et peinte par Tem-

minck, dans son *Histoire naturelle des Pi-geons*.

« Comme vous êtes matinal, mon bon oncle, dit Laure ; mais vous arrivez toujours à propos, et plus encore.aujourd'hui, car j'ai besoin de vous.

— Est-ce que j'ai le temps de me reposer ? reprit M. Leblanc. Je ne suis plus jeune et je suis riche ; si j'étais malheureux, je tâcherais de dormir pour oublier ma peine ; mais je n'ai pas trop de temps pour vous voir, pour vous aimer, pour m'occuper de vous et de mes pigeons et de mes cultures. — Mais comme nous avons les yeux rouges, mon enfant ! est-ce que nous avons mal dormi ? Tenez, petite, je vous apporte deux belles colombes pour étrenner votre pigeonnier qui est encore vide. Ne vous hâtez pas de les laisser sortir de leur cage ; il faut les apprivoiser et les accoutumer à vous, sans quoi elles seront bientôt retournées dans leur manoir de Saint-Cloud : ce sont bien les plus intrépides voiliers aériens ; rien ne les arrêterait, sinon une balle de fusil, mais elles se tiennent à distance. — Élève donc la cage, Cinéas, pour que ta cousine puisse mieux les voir. »

Cinéas mit un genou en terre et posa la grande cage en équilibre sur son autre genou, regardant Laure beaucoup plus que les pigeons qu'il connaissait suffisamment.

« Qu'en dis-tu, mon enfant? ajouta M. Leblanc avec satisfaction ; as-tu jamais vu un plus joli couple?

— Ils sont trop beaux, mon oncle, répondit Laure avec indifférence, et Simon sera bien heureux de les avoir; mais aujourd'hui, pardonnez-moi, je suis préoccupée, j'ai de grandes affaires en tête, et je ne sais trop comment j'en sortirai.

— Toi, pauvre enfant, des affaires? Est-ce qu'une petite créature comme toi doit penser à autre chose qu'à être heureuse, qu'à cueillir des fleurs, qu'à aimer son mari? Des affaires! C'est bon pour nous autres; à vous le plaisir, à vous les douces fleurs de la vie.

— Non; il me faut encore des valeurs.

— Des valeurs! Oh! enfants que vous êtes! enfants prodigues d'un bien dont vous ne connaissez pas la valeur! N'avez-vous pas tout ce qui vaut quelque chose : la beauté, la jeunesse, la santé, l'innocence, l'amour? Croyez-moi, l'or est une chimère (jeu de mots à part).

—Eh bien, reprit Laure en prenant la main de son oncle avec vivacité; mais elle s'arrêta, et, se tournant vers Cinéas qui était resté dans la même position, la cage sur son genou : — Pardon, Cinéas, lui dit-elle doucement, auriez-vous la bonté de porter ces jolies bêtes au fond du jardin, dans le colombier; prenez garde à l'échelle.

— Et surtout prends garde à la cage, ajouta M. Leblanc, et donne-leur à manger. »

Quand elle fut seule avec son oncle, elle reprit sur un ton de confidence

« Écoutez un grand secret ; vous me promettez de n'en rien dire :

— Cela s'entend; le secret d'une charmante enfant comme toi vaut bien la promesse d'une discrétion ; tu peux me demander tout ce que tu voudras.

— Comme cela se trouve ! J'ai besoin de onze obligations de chemin de fer.

— Comment dis-tu? je n'ai pas bien entendu.

— Je dis qu'il me faut, tout de suite, onze obligations, ou je suis une femme perdue.

— O temps! ô mœurs! s'écria M. Leblanc avec indignation, en quittant le bras de sa nièce et en s'asseyant sur un banc rustique, — nous sommes en pleine rue Quincampoix, en vraie Régence! — Des jeunes femmes! des enfants! se mêler à ces tripotages, au lieu de vivre, au lieu d'aimer, au lieu de s'occuper de musique, de peinture, de littérature, d'horticulture, et de toutes les cultures possibles, y compris celle de leur esprit! — Les voilà bien! ne rien voir, ne rien sentir, ne rien aimer, et jouer à la Bourse! — Ainsi, tu as vendu à terme et tu ne peux livrer?... C'est bien cela... eh bien, tu iras loin!... Et Simon, que dit-il de cela? est-il ton complice?... Mais parle donc, malheureuse!

— Simon ne sait rien, mon petit oncle, dit Laure très-confuse, et il ne faut rien lui dire. Vous me l'avez promis.

— Je ne suis pas ton petit oncle et je ne t'ai rien promis ; je ne t'ai pas promis de t'aider à ruiner ton mari. Est-ce que tu as compté sur moi, par hasard ?

— D'abord, mon oncle, vous ai-je jamais trompé ? Ne suis-je donc plus digne de votre amitié ?

— Pourquoi as-tu perdu ton argent ? est-ce que cela me regarde ?

— Je vous assure que je n'ai pas joué et que je ne dois rien à personne. Si j'ai besoin de ces onze actions....

— Bon ! ce sont des actions maintenant. C'est de mieux en mieux.

— Non... de ces onze obligations, veux-je dire ; et s i c'est à vous que je les demande,

7

mon bon oncle, c'est que vous êtes mon
meilleur ami ; mais je vous les rendrai. Voulez-vous un reçu ?

—Un reçu ? c'est bientôt dit ! « Voilà mon
reçu, donnez-moi mes onze obligations et
nous sommes quittes... » C'est parfait !... Et
devriez-vous seulement savoir faire un reçu,
mademoiselle ? »

Quand M. Leblanc appelait sa nièce mademoiselle, c'était chez lui le signe d'une
vive indignation.

« Mon oncle, vous pouvez me refuser, reprit humblement Laure ; mais puisque vous
ne connaissez pas les motifs qui me font
agir, pourquoi me traiter si durement ? N'en
parlons plus ; je chercherai d'un autre côté. »

Et elle mettait sa main sur ses yeux.

« Ma cousine, dit à voix basse Cinéas qui
s'était rapproché, et qui ne savait de quoi il

s'agissait, ne pleurez pas ! Si je pouvais vous aider en quelque chose?

— Cinéas, dit sévèrement M. Leblanc en l'apercevant, veuillez vous mêler de ce qui vous regarde. Avez-vous seulement donné à boire aux pigeons? »

Cinéas retourna à pas lents vers le colombier, en jetant à sa belle cousine un regard de compassion.

M. Leblanc faisait le méchant, mais il était déjà ébranlé par les larmes de sa nièce, à laquelle il ne savait rien refuser, et il se reprochait sa dureté.

« Voyons, dit-il quand ils furent seuls, tu tiens à me faire passer pour un imbécile, à me faire interdire, et je l'aurai bien mérité quand je serai le bailleur de fonds d'une petite folle qui ne veut seulement pas dire ce qu'elle fera de ces valeurs... Tu les auras tes

onze obligations, petite malheureuse! Es-tu
contente de moi? suis-je assez Géronte? un
oncle de comédie? Mais il ne faut plus pleu-
rer ; il faut me donner une bonne poignée
de main tout de suite et me faire une bonne
figure ; que j'en aie au moins pour mon argent. »

Laure lui tendit la main et essaya de sourire.

« Oui, dit-elle, j'étais bien malheureuse,
et vous me sauvez, mon bon oncle. Et quand
me les donnerez-vous? non, me les prête-
rez-vous, dites?

— Mais il me faut le temps ; je n'ai pas
de ces méchantes valeurs en portefeuille ; et
puis je fais mes foins. Tu me donneras bien
quelques jours, puisque tu peux y compter?

— Et s'il me les fallait tout de suite?

-- Tu es bien pressée. C'est aujourd'hui

mardi ; tu les auras la semaine prochaine.
— Est-ce trop tard ? — Écoute ; si tu en
avais absolument besoin, tu lâcherais un
des pigeons avec un billet ; je ne tarderais
pas à recevoir ton message, et le jour même
je m'en occuperais.

— Mon petit oncle, dit Laure en lui ser-
rant la main, je m'arrangerai bien pour
vous les rendre, vous verrez ; vous saurez
un jour que vous avez obligé une honnête
femme, et vous aimerez toujours votre petite
Laure.

— Oui, dit M. Leblanc qui aimait l'esprit vulgaire des jeux de mots, il faut passer
quelque chose à un si brave homme, oui,
tu m'en auras bien de l'obligation — *de
chemin de fer*. Mais ne t'y accoutume pas,
ajouta-t-il, ou je dirai tout à Simon.

— Je ne le ferai plus jamais, » dit Laure,

7.

comme une petite fille qu'on a grondée.

M. Leblanc et Cinéas prirent congé de Laure, qu'ils laissèrent plus tranquille et toute disposée à faire les avances et les frais d'un raccommodement avec son mari qu'elle se reprochait bien d'avoir tourmenté par ses confidences.

X

RACCOMMODEMENT

La Rochefoucauld, auquel on a reproché de ne pas croire à grand'chose en fait de sentiment, a pourtant écrit dans ses Maximes : « Il n'y a pas de déguisement qui puisse longtemps cacher l'amour où il est, ni le feindre où il n'est pas. »

Simon, qui était poëte et amoureux, ne pouvait avoir une longue rancune, et se re-

prochait bien son départ précipité. Il passa
une triste journée à son bureau, oublia de
déjeuner, ne se livra pas à la moindre com-
position poétique, et les affaires ministé-
rielles n'en allèrent pas mieux, car il ne
rêvait que diamants et obligations de chemins de fer, et trouvait toujours ces mots au
bout de sa plume en écrivant un long rapport sur l'assistance publique.

Ce qui le tourmentait, c'était de ne pas
savoir quelle était la personne officieuse qui
avait prêté son entremise pour la vente des
diamants et l'achat des obligations. Il était
bien évident à ses yeux que Laure n'était pas
de force pour cette entreprise, et que ce ne
pouvait être l'oncle Leblanc, celui-là même
qui avait donné les diamants.

La jalousie (car il y avait dans son fait un
peu de jalousie) rend si injuste et si aveugle,

que ses soupçons se portèrent sur l'inoffensif Cinéas, le blond, sentimental et silencieux
admirateur de Laure. Il se promit de l'ob-
server et de se débarrasser à la première occasion du jeune bachelier que sa femme, en
cela bien innocente, traitait, selon lui, avec
trop de familiarité.

Enfin Simon aimait Laure ; tout est dans
ce mot : cela veut dire qu'il l'estimait et la
respectait. Il plaidait pour elle au fond de
son cœur, et, allant au delà de ce que la
froide raison lui aurait dicté, il se disait avec
une indulgence irréfléchie qu'après tout
elle n'avait fait que disposer de ce qui lui
appartenait, qu'il y a loin d'une légèreté à
une faute, qu'en femme sérieuse elle préfé-
rait des valeurs productrices à l'éclat d'un
luxe inutile. Un peu plus, c'est lui qui se
serait trouvé coupable. Il revenait par le

train de cinq heures pour demander pardon.

Laure, qui était dans les mêmes dispositions et qui craignait la froideur de la première entrevue, se décida à aller simplement au-devant de son mari à la gare du
chemin de fer; c'étaient deux cœurs, au
fond tous deux irréprochables, qui volaient
au-devant l'un de l'autre.

Simon fut reconnaissant de la démarche
de Laure.

« Merci, lui dit-il en lui offrant le bras
avec empressement.

— Merci, » répondit-elle tout bas, en pres-
sant le bras qu'il lui offrait.

Tout était réparé. La soirée fut douce et
calme, malgré les silences causés quelquefois par les réticences des époux.

« J'ai été méchant, disait Simon; j'en ai
été bien puni. J'ai passé une malheureuse

journée. Vous me pardonnez, Laure ? ajouta-
t-il en lui prenant la main.

— Vous oubliez que c'est vous qui avez
à me pardonner, mon ami. Je n'aurais peut-
être qu'un mot à dire pour que vous me
donniez l'absolution ; mais je suis trop heureuse de la recevoir de votre confiance.

— Non-seulement j'ai confiance en toi,
reprit Simon avec plus de sérénité, mais
j'aurai peut-être un service à te demander.
Ce sera la meilleure manière d'obtenir mon
pardon.

— Quel bonheur ! dis-moi tout de suite,
François, quel service je peux te rendre,
moi, qui ne suis bonne à rien.

— Tu le sauras plus tard, une lettre que
j'ai... non, une circonstance qui se présente
m'obligera peut-être à avoir recours à toi,
mais pour quelques jours seulement. Tiens

toujours à ma disposition les valeurs que,
par un bon hasard, tu as maintenant en
portefeuille, puisque te voilà dans les affaires. Comment me trouves-tu? mon enfant ; j'espère que je demande grâce ; t'ai-je
assez grondée d'avoir fait argent de tes diamants, car les obligations, c'est au besoin
de l'argent comptant, et, après tout, c'est
peut-être moi qui en profiterai et qui serai
ton obligé.

— C'est bien aimable de ta part, » dit
Laure toute pensive, car elle ne tenait pas
encore ses valeurs.

Voilà un raccommodement qui pourrait
bien ne rien raccommoder, et qui, en cela,
ressemblerait à beaucoup d'autres.

XI

TRAGÉDIE

Les événements les plus simples prennent
de la gravité aussitôt qu'on sort de la ligne
de la droiture et de la franchise, même avec
les intentions les plus pures; et tout devient
un nouveau péril. Nous sommes obligé de
revenir sur cette idée qui s'est présentée
plus d'une fois dans le cours de cette histoire
d'hier. Laure, en croyant agir avec habileté,

8

était parvenue à se compromettre avec tout le monde, et n'en était pas plus avancée.

Elle reconnaissait maintenant qu'elle aurait dû simplement refuser les fausses pierres de M. Léopardi, et ensuite ne pas influencer d'un regard suppliant M. Bezuché pour qu'il ne la trahît pas, ou enfin que, entrée dans cette voie, elle aurait dû avoir jusqu'au bout le courage de sa dissimulation.

Son invention de valeurs de chemins de fer ne lui avait pas mieux réussi. La générosité de son oncle qu'elle avait eu tant de peine à attendrir ne la tirait pas d'embarras, puisqu'elle avait promis de tenir à la disposition de son mari des valeurs fictives qu'elle n'avait pas encore entre les mains.

Il fallait cependant les obtenir sans retard, ces malheureuses obligations, pour être prête à les montrer à tout événement.

Elle avait eu tout le temps de songer à cela pendant la nuit ; et se souvenant à propos du messager rapide qui était à ses ordres, elle se leva de bonne heure, et elle écrivit à la hâte quelques lignes à son oncle.

Simon, de son côté, était levé et habillé depuis longtemps, et, en faisant un tour dans le jardin, en passant près du colombier, il avait entendu le roucoulement des pigeons. Il avait demandé au jardinier quels étaient ces nouveaux habitants.

« Ça, monsieur François ? dit le vieux jardinier qui, dans *son* jardin, avait son franc-parler, c'est les colombes que M. Cinéas a apportées hier à madame ; nous n'avions pas encore assez de bêtes ici ; c'est tout comme le jardin de la *climatation*.

— M. Cinéas ; il est donc venu hier ?

— Oh! il n'a pas encore beaucoup d'i-
dées, M. Cinéas; mais en voilà un qui aime
bien votre femme, par exemple; on ne peut
pas lui ôter ça. Après ça, ajouta-t-il en se
rapprochant de Simon et en lui poussant le
coude avec familiarité, c'est bien innocent,
ce pauvre petit; ça s'est connu tout jeune.
— Quand j'étais chez M. Leblanc, moi qui
vous parle, monsieur François, je les ai vus
jouer ensemble comme deux chérubins. Ils
n'étaient pas plus hauts que ça. Et comme
elle le faisait marcher le petit Cinéas! Moi,
j'ai toujours dit que ce serait une maîtresse-
femme, cette petite madame Simon, et jolie
au possible! Vous êtes bien malheureux,
oui, on va vous plaindre tout à l'heure,
ajouta-t-il en riant d'un gros rire et en re-
prenant son ouvrage.

— Toujours Cinéas! dit Simon en s'éloi-

gnant et en faisant un signe d'adieu au jardinier. Il entra dans la chambre de sa femme
au moment où elle pliait avec soin un petit
papier.

— Suis-je de trop? » demanda-t-il en hésitant.

Elle alla au-devant de lui en lui tendant la
main, et, en même temps, elle dissimulait
son billet dans la poche de son peignoir.
Après quelques mots échangés sur le temps
qu'il faisait, ils déjeunèrent dans la salle à
manger, où le déjeuner fut court et assez
silencieux.

« As-tu quelque chose pour la poste? dit
négligemment Simon en prenant son chapeau.

— Non, merci, mon ami, répondit-elle.
J'écrivais une note de dépenses, tu sais, on
oublie toujours quelque chose. — Encore

8.

un mensonge ! pensait-elle, en rougissant jusqu'à la racine des cheveux; je n'en sortirai pas ! »

Simon, prenant son grand portefeuille, s'éloigna en songeant aux colombes dont Laure ne lui avait pas parlé, au bachelier Cinéas qui avait apporté les colombes, au petit billet que Laure avait caché maladroitement, et qu'elle avait déclaré être une note de dépenses.

Il suivit d'abord la rue qui conduit tout droit au chemin de fer; mais, de plus en plus préoccupé de ce qu'il avait vu et entendu, il se ravisa, et, tournant la première ruelle à gauche, il regagna le mur extérieur du jardin, il ouvrit une porte de communication donnant sur quelques champs qui subsistent encore dans cette campagne morcelée.

Il se trouva alors dans une sorte de hangar surmonté d'un pavillon qu'on décorait du nom de kiosque, d'où il s'amusait quelquefois à effrayer d'un coup de fusil, le plus souvent inoffensif, les moineaux qui venaient picorer dans ses cerisiers. Il se tint en observation, aussi agité que s'il eût commis une mauvaise action.

La présence de Laure, qui parut dans le jardin, éveilla toute sa curiosité; elle avait l'air inquiet et préoccupé. Le jardinier était allé déjeuner; elle envoya la bonne en commission, et, s'étant assurée qu'elle était bien seule, elle tira de son corsage un billet et un cordonnet de soie.

Simon, du fond de sa retraite à demi masquée par un clair feuillage, suivait tous ses mouvements.

« Ceci devient grave, se dit-il avec terreur;

où sont déjà toutes ses promesses de franchise et de sincérité? elle me trompe encore ! »

Laure entra en hésitant dans le pigeonnier, et, quelques instants après, Simon vit sortir d'une des ouvertures un pigeon qui portait un petit paquet suspendu à un fil.

« Ce serait trop fort, pensa Simon, de voir passer le billet qu'on n'a pas voulu me confier pour la poste, et de ne pas l'arrêter en chemin. »

Cette réflexion ne dura pas le quart d'une seconde; il ajusta l'oiseau, qui s'élevait en tournoyant pour chercher la direction qu'il devait prendre, et, bien que Simon fût aussi maladroit tireur que peut l'être un employé de ministère, il était si troublé, que, le hasard aidant, il tira juste. L'oiseau fut touché et trébucha.

Simon laissa tomber son arme en entendant un cri partir du colombier; il renonça
à faire suivre ce coup d'État d'une explication; cet effort avait épuisé ses forces. Il
sortit par la petite porte en oubliant son
portefeuille de ministre, et il erra dans la
campagne comme un criminel qui a fait un
mauvais coup.

Cependant le pigeon, qui n'avait été que
faiblement atteint, après quelques culbutes,
reprit son vol inégal et saccadé, puis, éten-
dant ses grandes ailes, il s'éloigna dans la
direction du bois de Boulogne en poussant
des cris plaintifs.

XII

LA CHRONIQUE DU JOURNAL

Paix du ménage, sainte amitié, heureux jours, êtes-vous envolés sur l'aile du pigeon voyageur? reviendrez-vous un jour, ou avez-vous été à jamais détruits par l'arme meurtrière qui a arrêté dans sa course le pauvre messager? Quel contre-sens font maintenant ces rideaux roses aux fenêtres du gracieux chalet! Quel contraste avec les pensées de ceux qui l'habitaient ensemble et qui sont maintenant séparés !

Simon n'est pas revenu ! Simon, dont la vie a été jusque-là si calme, si douce, si unie, n'a pu supporter un tel ébranlement, auquel rien ne l'avait préparé.

Qui lui eût dit qu'il serait jamais trompé par son unique et sincère amie ; qu'il se cacherait comme un malfaiteur pour l'espionner et la surprendre ; qu'il tirerait un coup de fusil sur un pigeon sortant des mains de sa chère Laure ? Qui lui eût dit, surtout, qu'il oublierait un jour son grand portefeuille et qu'il manquerait à son bureau ? C'était trop pour cette faible nature ; il avait la tête perdue.

Il ne voulait pas reparaître avant d'être maître de lui. Il s'arrêta dans un café, à l'entrée du bois, et fit porter un billet à sa femme ;

Il lui écrivait, sans entrer dans aucune explication, que ses affaires l'obligeaient à une courte absence, et qu'il reviendrait dans quelques jours. — Dans l'état de son esprit, il craignait la solitude ; après avoir fait l'inventaire de son porte-monnaie, qu'il trouva assez bien garni, il se décida à aller chercher quelque consolation au sein de sa famille qui habitait une petite ville de basse Normandie.

Laure était peut-être plus malheureuse encore; elle n'avait pas compris d'abord d'où venait le coup de feu qui l'avait tellement effrayée. Si elle n'eût vu tomber le pigeon, elle eût pu croire que c'était elle-même qui était frappée en pleine poitrine. Elle fut longtemps à se remettre de son émotion.

En errant dans le jardin, elle passa devant

la cabane dont la porte était ouverte. L'arme
et le portefeuille qu'elle y trouva lui révélè-
rent toute la vérité. En recueillant ses idées,
elle se rendit compte que Simon avait conçu
des soupçons, qu'il s'était caché pour l'épier,
et que par toutes les fausses combinaisons
dans lesquelles elle s'était engagée, elle avait
risqué de détruire peut-être pour toujours
le repos et le bonheur de celui qu'elle voulait sauver.

Forte de son innocence, elle voulut reprendre courage. Elle resta longtemps assise
sous un saule, au pied de la colonne brisée
du mausolée artificiel, dont la pierre menteuse fut arrosée pour la première fois de
véritables larmes.

Quand on lui apporta la lettre de son
mari, elle l'aurait trouvé bien cruel si elle
n'avait compris qu'il en avait presque perdu

9

l'esprit. Elle se hâta de partir pour Paris ;
elle demanda Simon au ministère ; on ne
l'avait pas vu. Elle se fit arrêter à un pied-
à-terre qu'il avait conservé rue Belle-Chasse ,
elle apprit qu'il y était passé le matin et
qu'il était aussitôt reparti, muni d'un sac de
voyage.

Laure rentra épuisée et toute malade.
Elle ne voulait rien révéler de ses inquiétudes à ceux qui la servaient, et, s'étant mise
au lit, elle fut bientôt prise d'une forte
fièvre.

C'est alors qu'elle prit la résolution de
n'avoir plus la moindre pensée cachée pour
son mari. Elle était tout à fait convertie à la
vérité. Elle écrivait dans sa tête la lettre
qu'elle voulait lui adresser pour expliquer
sa conduite, et à réception de laquelle son
mari n'aurait plus qu'à se jeter dans ses

bras et à demander pardon; mais où et comment lui faire passer cette lettre que, d'ailleurs, elle n'avait plus la force d'écrire? Elle pensa bien à faire appeler son oncle; mais la prudence lui disait d'attendre encore et de ne chercher aucun confident pour un malentendu dont l'éclaircissement n'était pas douteux et qui devait rester entre les époux.

Le mouvement, le changement de lieu rendirent à François Simon un peu de calme et de présence d'esprit, et lui firent comprendre ce qu'il y avait de cruel dans son départ précipité. En courant à grande vitesse sur le chemin de fer, il repassait dans sa mémoire toute la vie de sa chère Laure. Il n'y trouvait que raison, sagesse et dévouement. Il ne pouvait la croire coupable, et il résolut de ne pas faire part à sa famille des inquiétudes et des chagrins qui l'avaient troublé.

Ses vieux parents, tout heureux de le revoir, voulaient le retenir ; mais il leur annonça qu'il ne pouvait rester que quelques jours. Il allait écrire à Laure pour la rassurer et lui faire connaître sa résidence, lorsqu'un incident imprévu lui donna d'autres projets et hâta son retour.

Un de ces journaux qui font circuler chaque semaine jusqu'au fin fond des provinces l'esprit parisien et les nouvelles du jour, le *Monde illustré*, qu'on lisait religieusement au cercle de famille dans la petite ville de Valognes, contenait, dans sa chronique du 5 juillet 1862, le fait suivant qui donna lieu à toutes sortes de suppositions et fut très-remarqué et commenté par les curieux :

« Mercredi dernier, une société réunie

« dans un parc voisin du bois de Boulogne,
« a éprouvé une singulière surprise. Un pi-
« geon, blessé d'un coup de feu, s'est abattu
« dans le feuillage clair d'un pin d'Écosse,
« d'où on l'a dégagé avec une échelle. Or,
« ce pigeon expirant était un pigeon voya-
« geur qui portait en écharpe un cordonnet
« auquel tenait un pli de toile cirée. On s'est,
« comme vous pensez bien, empressé de
« détacher le message, qui contenait ce qui
« suit, copié séance tenante pour l'usage que
« nous en faisons :

   « *Si les onze n'arrivent pas avant lundi,*
« *je suis perdue ; il faudra tout dire !*

   « Nous espérons que le plomb qui a brisé
« la course du pauvre messager n'entraî-
« nera pas de nouveaux désastres, que cette
« feuille pourra remplacer le pigeon, et
« qu'à défaut de billet autographe l'impres-

« sion du mystérieux avis passera sous les
« yeux d'un destinataire inconnu, et conju-
« rera... quoi? on ne sait! Mais nous som-
« mes cordialement pour l'arrivée des onze
« avant lundi.

« Onze qui? onze quoi? pourquoi pas la
« douzaine? Ne rions pas. — Un grand mal-
« heur, un grand désespoir est peut-être
« dans tout ceci : « *Perdue !* » au féminin,
« faute de ces onze. Nous ne pouvons rien
« de plus que de jeter l'appel dans le large
« écho que voici. Puisse-t-il être entendu,
« et puisse ensuite une lettre confidentielle
« nous livrer le mot de cette énigme pour
« prix du service rendu[1]. »

---

[1] L'inépuisable auteur des spirituelles causeries du
Monde illustré, M. JULES LECOMTE nous pardonnera de
reproduire ces lignes pour l'intelligence de notre récit.
Si nous n'avions été captivé par la lecture de son article
du 5 juillet, nous n'aurions peut-être jamais publié la

Ce fut pour Simon une impression étrange que celle qu'il ressentit en entendant un lecteur bas-normand raconter à haute voix, dans la soirée de famille, avec l'accent prononcé du terroir, l'aventure dont il gardait le secret au fond de son cœur.

En cela, le bienveillant journaliste n'avait pas obtenu tout l'effet qu'il avait espéré. La nouvelle qu'il communiquait confidentiellement au monde entier n'était peut-être parvenue à M. Leblanc ni par le pigeon voyageur, ni par le journal, et c'était justement le mari, c'est-à-dire celui qui, en pareil cas, ne doit rien voir ni savoir, qui en prenait connaissance.

Au fond, les quelques mots de ce court message ne pouvaient être compromettants

légende du *Chalet d'Auteuil*, qui donne le mot demandé de cette énigme.

pour l'innocente Laure ; ils laissaient voir
seulement qu'elle était inquiète et malheureuse.

La bonté de Simon l'emporta sur tout
ressentiment. Laure se disait *perdue*, perdue
pour ne pouvoir lui prêter onze obligations ;
perdue à cause de la demande qu'il lui avait
faite. Il ne put laisser plus longtemps sa
femme dans cet abandon et cette anxiété. Il
croyait à la puissance du cœur pour tout
concilier ; et, quittant à la hâte ses hôtes
surpris d'une si prompte résolution, il remonta le soir même en chemin de fer.

> Que bien, que mal il arriva
> Sans autre aventure fâcheuse.

Il sonnait le lendemain matin à la porte
du chalet d'Auteuil.

XIII

LE PARDON

Il y avait quatre jours que Simon était parti, quatre longs jours et quatre nuits plus longues encore que Laure attendait de ses nouvelles. Il ne connaissait pas les torts qu'elle pouvait avoir ; ils n'étaient peut-être qu'imaginaires, et sur un simple soupçon il avait eu la lâcheté de l'abandonner, sans même chercher à s'éclairer. Il la retrouvait malade; c'était lui maintenant qui avait sans doute à se faire pardonner.

Le jardinier lui avait remis à son entrée dans la maison une lettre qui venait d'arriver à son adresse. Dans son empressement, il ne l'avait pas même regardée; il frappait discrètement à la porte de la chambre de sa femme, pour ne pas la troubler par une émotion trop vive; il demanda s'il pouvait entrer. La bonne qui était près de sa maîtresse se retira en disant que madame était encore bien faible.

« Viens, François, dit Laure qui avait reconnu sa voix, viens, mon ami; puisque te voilà, je suis guérie. Viens savoir que ta femme est digne de toi, qu'elle ne s'est cachée que pour te servir.

— Pardonne-moi, dit Simon, j'avais la tête perdue.

— Attends, reprit Laure en l'interrompant, je ne peux pas beaucoup parler, mon ami, je t'expliquerai tout quand je serai mieux ; mais regarde-moi, lis dans mes yeux et sur mon front si tu as quelque chose à me reprocher. — J'ai été bien imprudente, bien maladroite, j'en conviens, mais c'était à si bonne intention. — Tu m'as donc vue ? Tu as vu que le pigeon emportait une lettre, et alors tu l'as tué ! Tu n'as pas cru à ma prétendue note de dépenses que j'ai cachée si maladroitement. Je suis devenue si menteuse depuis quelque temps ! Tu as douté de ta petite Laure, et je l'ai bien mérité. — Mais tu riras bien, va, mon ami, quand tu sauras toute cette histoire... »

Elle s'animait de plus en plus en parlant, et François la suppliait de s'arrêter.

« Ce que c'est que de mentir ! continua-

t-elle, vois-tu? C'est la cause de tout le malheur. Oh! jamais, non jamais plus je ne
mentirai, — et mon oncle, que dira-t il
quand il saura que tu tires des coups de
fusil sur ses beaux pigeons? J'ai eu bien
peur, va ! — J'ai cru que c'était moi qui re-
cevais le coup ; mais je t'ai pardonné tout
de suite. Je pensais que tu devais être si
malheureux ! Écoute bien, c'est la faute de
mon oncle.

— Tu me diras tout cela plus tard, dit
Simon effrayé de la volubilité de ses paroles ;
si tu dis un mot de plus, je vais partir
encore.

— Oh! non, viens, j'ai tant de choses à
te raconter, mon bon François ; comme tu
vas rire tout à l'heure ! — On a bien raison
de dire : les femmes ne devraient jamais se
mêler d'affaires! Elles sont trop mal-

adroites; — comme me disait mon oncle : vous avez la musique, la littérature, l'horti-culture et toutes les cultures. Oh! il m'a bien parlé, va. »

Elle retomba épuisée, et elle voulait con-tinuer.

« Calme-toi, pauvre petite, dit Simon en mettant la main sur cette petite bouche qui voulait parler toujours. — Je te crois, j'ai été un fou, un insensé. — Tout ce que tu as fait est bien fait. — Je ne veux rien enten-dre. Si tu me promets de ne rien dire de plus, je resterai là, près de toi, comme autrefois, tu sais. »

Elle lui fit signe, avec un bon sourire et des bons yeux reconnaissants, qu'elle consen-tait au silence qui lui était prescrit, et Si-mon, après avoir rajusté les oreillers de la malade et avoir donné quelques ordres dans la maison, revint s'installer devant une table près de la fenêtre.

Simon, après avoir quelque temps considéré avec pitié sa femme qui paraissait assoupie, jeta les yeux sur la lettre qu'il avait reçue en entrant, et qu'il n'avait pas regardée. Il reconnut le timbre de Bordeaux et l'écriture de son frère; il ouvrit la lettre avec quelque curiosité, et lut ce qui suit :

« Mon cher frère,

« Tu auras reçu, il y a quelques jours, ma précédente lettre; tu as appris que, par une négligence déplorable, je me suis trompé, et j'ai remis les fonds de la traite que tu as tirée à mon ordre chez M. Y. Alvares, au lieu de *Alvares é hijos.* Que veux-tu? Tous ces banquiers espagnols s'appellent Alvares; c'est à n'y rien connaître. Si bien que la

malheureuse traite a été protestée, retour-
née, quoique l'argent fût là; et je te pro-
mettais de te l'envoyer dès que je pourrais
obtenir une valeur sur Paris.

« J'ai le bonheur de remplir aujourd'hui
ma promesse, ce qui ne m'arrive pas tous
les jours; tu en sais quelque chose, mon bon
François. Tu trouveras donc ci-joint une
traite de trois mille deux cents francs, *acceptée* et échue sur Rothschild. C'est une signature qui vaut bien la mienne. Les deux cents
francs en plus sont pour les intérêts et les
frais, et pour acheter des fleurs, de ma part,
à ma petite belle-sœur.

« Pardonne-moi encore cette fois, mon
cher ami, et sois sûr que tu n'as pas obligé
un ingrat. Me voici décidément en bonne
voie et partant pour Saragosse où nous
ferons mauvaise cuisine, mais où nous ga-

gnerons de l'argent. Avis à mes créanciers.

« A propos, on me demande un secrétaire
d'administration ; les appointements sont
confortables, et il n'y a pas beaucoup de be-
sogne. On veut un jeune homme distingué,
et on tient à un bachelier, chacun son goût.
J'ai pensé tout de suite à l'aimable Cinéas,
dont vous ne pouvez rien faire. Si vous
voulez me l'envoyer, je me charge de le dé-
niaiser, car il ne lui manque qu'un peu d'a-
plomb pour être un parfait gentilhomme.
Vous savez que je suis devenu un sage; avec
un tel mentor vous pouvez être sans inquiétude. Prompte réponse à l'hôtel du *Chapeau
rouge.*

« Adieu, mes chers amis, je me recom-
mande encore à votre indulgence, et je vous
embrasse de tout cœur.

                    « RAOUL SIMON. »

XIV

LE FOU RIRE

Laure dormait toujours. Simon réfléchissait au contenu de la lettre qu'il venait de recevoir. Cette lettre lui rappelait une circonstance qu'il avait tout à fait oubliée sous l'impression de ses troubles domestiques. C'est qu'il était sous le coup du retour d'une traite protestée qui aurait déjà dû lui être présentée au remboursement, et il tenait

10.

dans sa main la traite échue sur Rothschild,
qui le tirait d'inquiétude. C'était pour faire
face à cette éventualité qu'il avait demandé
à Laure de lui réserver les onze obligations
qui avaient causé tant de malheurs.

« Pardon, mon ami, dit Laure en appelant
son attention, viens un peu près de moi; j'ai
encore un seul mot à te dire.

— Rien qu'un mot! dit Simon.

— Oui, vois-tu, il faut que je dise :
c'est que je n'ai pas encore les obligations
que je t'ai promises; mais tu sais, tu peux y
compter, mon oncle me les a bien promises.
Tu pourras en faire ce que tu voudras. J'aurais bien mieux fait de te le dire tout de
suite; c'était pour les avoir plus tôt que j'ai
écrit. Et le pauvre pigeon, c'est lui qui a été
victime; moi, quand j'ai entendu le coup de
fusil...

— Eh bien! te voilà encore? Tu m'avais promis de ne dire qu'un mot! Écoute-moi bien, chère enfant : chère petite, tout est arrangé. Je suis bien fâché de t'avoir demandé des valeurs que tu n'avais pas ; je t'ai bien tourmentée? Je destinais ces valeurs à un remboursement dont j'étais menacé. Ma traite sur Bordeaux n'a pas été payée. — Tu ne sais rien de tout cela, toi; je n'ai pas voulu t'en inquiéter, et voilà que mon frère m'envoie l'argent; je l'ai là dans ma main.

— Ah! la bonne plaisanterie, dit Laure en s'appuyant sur son coude et en riant bien fort. Mais c'est à moi cet argent-là. Je l'ai bien gagné. Il y a longtemps que je l'ai payée ta traite, chez M. Barilliet, huissier, rue des Trois-Bornes. Tu la trouveras là dans mon portefeuille avec le protêt. Ils

étaient tous là à me regarder dans l'étude.
Ai-je eu assez de mal ce jour-là ; et il ne fallait rien te dire ; tu verras si je suis une ven-
deuse de diamants.

— Tais-toi, mon enfant, je comprends
tout maintenant, disait Simon en tâchant
d'arrêter ce flux de paroles.

— Laisse-moi te dire, reprit Laure, ce
sera bientôt fait. Tu vas porter trois mille
francs chez M. Léopardi, et il te rendra mes
diamants. Tu vois si je les ai vendus, — tu
vois ? — Mais ce qu'il y a de plus comique,
c'est M. Bezuché avec son expertise, tu sais.
Je t'avais bien dit que tu rirais. »

Un éclat de rire l'interrompit au point
qu'elle retomba sur son lit ; cela dégénéra
en crise nerveuse, et c'était une chose pé-
nible à voir que ce rire involontaire, inextin-
guible, qui accusait plutôt la faiblesse et la

souffrance que le contentement et la gaieté.

Simon désespéré appela au secours. Une potion calmante donna enfin un peu de repos à la malade; elle finit par s'endormir.. Son mari, plein d'inquiétude et de remords, passa la nuit dans sa chambre, sur un fauteuil, et l'entoura de soins affectueux, en se reprochant son ingratitude.

XV

UN BACHELIER

Il y a quelquefois dans la plus faible nature un germe de résolution et d'énergie qui se développe sous une impression douloureuse, comme l'étincelle jaillit de la pierre brisée par un choc.

Certes, Cinéas ne passera pas pour un héros de roman; c'est un garçon insignifiant qui n'a jamais su rien faire et qui n'a encore vécu que de la vie contemplative. Les études qu'il a suivies avec un médiocre succès n'ont servi qu'à lui donner le dégoût des affaires de commerce et d'industrie, sans le mettre en état de tirer parti de ses incomplètes connaissances littéraires. C'est un de ces bacheliers comme nous en voyons surgir chaque année, de ces jeunes gens qui, n'étant encore qu'au péristyle de la science, se figurent qu'ils ont atteint l'extrémité de la carrière, et se reposent dans leur insuffisance et leur nullité.

Ils oublient que le bienfait de cette éducation libérale ne porte ses fruits que si le travail vient le féconder; que toute carrière est plus heureusement parcourue quand la science, l'art et l'imagination accompagnent le travailleur, mais que rien ne dispense aujourd'hui d'une vie active et utile.

Cinéas n'avait pas encore trouvé une oc-
cupation de son goût; sans volonté, sans ini-
tiative et sans ambition, il se reposait sur la
fortune que son père avait acquise par de
longs travaux industriels. Celui-ci du moins
avait conquis le droit de jouir du repos à la
fin de sa carrière, sauf à être classé et dé-
noncé par quelque moraliste austère au nom-
bre des bourgeois *satisfaits*, dénomination
que les mécontents appliquent volontiers à
ceux qui se sont élevés par le travail.

M. Leblanc, un peu par égoïsme, un peu
par faiblesse, se plaisait à retenir Cinéas
près de lui. Une mère trop tôt enlevée à la
famille manquait à cet intérieur. Le jeune
homme, presque livré à lui-même, n'avait
pas pour l'agriculture un penchant assez dé-
cidé pour trouver dans le beau domaine de
Saint-Cloud un élément d'activité.

Il avait du moins évité deux écueils qui sont à fleur d'eau à l'entrée de la vie : la fatuité pour les parvenus, le vice pour les désœuvrés.

Il n'avait d'autre plaisir que son innocente contemplation, sa naïve admiration pour sa cousine Laure, qui était, à ses yeux, la perfection et la grâce en personne. En présence de cet idéal, Cinéas sentait redoubler sa timidité naturelle, et nous l'avons vu interdit et silencieux dans chaque rencontre avec madame François Simon, devant laquelle il aurait voulu paraître avec tous ses avantages.

Ces deux enfants avaient passé leurs premières années dans une complète familiarité; mais, depuis que Laure était mariée, il ne pouvait plus l'aborder sans un respect qui aurait été jusqu'au ridicule, si la charité de

11

Laure n'avait quelquefois tendu une perche à son admirateur qui coulait à fond dans les remous d'une phrase sentimentale.

Le jour où Cinéas revenant du colombier surprit les larmes de Laure qui, on s'en souvient peut-être, était en conversation financière avec M. Leblanc, l'impression que lui causa la douleur peinte sur cette douce figure qu'il avait toujours vue riante et heureuse, l'impuissance où il se trouvait par sa nullité de soulager cette douleur dont il n'avait pas même le droit de demander la cause, les réflexions qui se pressèrent à ce sujet dans son esprit, lui firent voir d'un coup d'œil l'inutilité de sa vie passée, et lui firent comprendre qu'il ne pourrait supporter plus longtemps le poids de l'oisiveté.

Il n'hésita plus à déclarer à son père qu'il voulait s'instruire, voyager, chercher la première occasion qui se présenterait dans une carrière quelconque, pour entrer comme tout le monde dans la vie active, pour être un homme enfin.

M. Leblanc, bien qu'il regrettât le facile compagnon de sa vie, reconnaissait bien qu'il ne pourrait jamais l'intéresser ni aux cultures dans lesquelles il concentrait toutes ses occupations, ni même aux pigeons voya- geurs qui avaient donné de la célébrité à son colombier. Il ne fut pas fâché de voir poindre pour la première fois une résolution dans l'esprit de son fils, et il écoutait avec une certaine fierté Cinéas Leblanc exprimer une volonté, alors que son esprit avait si long- temps flotté dans les nuages en attendant un souffle du vent.

M. Leblanc, tout occupé de rentrer ses regains de foin qui égalaient presque les premières meules, n'avait rien su des agitations du chalet aux rideaux roses. L'ardent agriculteur avait sur la conscience d'avoir un peu négligé sa nièce. Il n'avait pas oublié cependant la promesse qu'il lui avait faite, bien qu'il ne pût rien comprendre au besoin que cette petite folle, comme il l'appelait, pouvait avoir des valeurs de la Bourse. Un peu à contre-cœur il avait donné des ordres d'achat à son agent de change, lorsqu'une lettre de Simon vint lui faire supposer que cette affaire était peut-être urgente.

Dans cette lettre, François Simon informait M. Leblanc que sa femme était malade et désirait bien le voir; il lui annonçait en même temps qu'il avait de bonnes nouvelles de son frère Raoul, et qu'une place avantageuse était offerte à Cinéas dans l'administration des chemins de fer espagnols.

Cinéas, par un bon hasard, savait un peu d'espagnol, ce qui prouve qu'il vient toujours un moment où le peu que l'on sait sert à quelque chose. Il ne se fit pas prier; il avait besoin de voir du pays; la première issue qui lui était ouverte était celle par laquelle il voulait s'élancer dans le vaste monde. La source même d'où lui venait cet emploi était précieuse pour ses souvenirs. Il ne se séparait pas de la famille.

D'accord avec son père, il se hâta d'écrire à Raoul Simon; il lui annonça qu'il pressait son départ, et qu'il irait bientôt le joindre à l'hôtel du *Chapeau rouge*, à Bordeaux.

XVI

CONVALESCENCE

On peut se figurer le cruel examen de
conscience que Simon eut à passer en veil-
lant auprès du lit de sa femme, lorsqu'il fut
obligé, par l'évidence, de convenir vis-à-vis
de lui-même que c'était sur le vague soupçon des diamants vendus, d'une visite de
l'innocent Cinéas, d'un message secret qu'il
avait compromis la santé et la vie de sa

femme par une absence que la folie pourrait expliquer, mais que rien ne pouvait
plus excuser à ses propres yeux. Il savait
maintenant, nous ne dirons pas avec quelle
habileté, mais au moins avec quelle délicatesse et quelle générosité la pauvre enfant
s'était jetée dans des embarras inextricables
pour lui épargner toute peine à lui qui se
trouvait si méchant et si injuste.

François Simon, comme nous l'avons dit,
s'était fait remarquer au ministère par son
assiduité et son intelligence. Nous ne lui
ferons pas une affaire d'un madrigal qu'il
ébauchait en chemin de fer et qui se trouvait quelquefois au bout de sa plume; c'était
un moyen d'aiguiser son esprit entre deux
lourdes pièces officielles dont il se tirait à
son honneur. Il avait donc été en position
de demander et d'obtenir sans difficulté un

congé pour son voyage à Valognes, et il le
prolongeait jusqu'au rétablissement de sa
femme.

Il ne voulait pas la fatiguer par de longs
discours; il lui faisait quelquefois une lecture choisie; il évitait les explications sur
lesquelles elle voulait revenir sans cesse;
mais le regard et la sollicitude de l'époux
repentant demandaient pardon pour lui.

Laure avait maintenant l'esprit si tranquille, qu'elle se trouva bientôt mieux. Le
médecin était bien venu en dire son avis;
mais il comprenait lui-même qu'il n'avait
rien à y voir. Il y avait eu dans l'excellente
constitution de cette jeune femme un trouble moral; pas autre chose. Pour toute ordonnance, il avait dit à Simon : « Ne la
quittez pas. » C'était un homme très-fort
sur la diagnostique; il devinait entre les

époux la présence d'un docteur plus habile que lui.

S'il n'y a rien de plus joli qu'un rayon de soleil tombant sur le chalet à rideaux roses après une pluie d'été, alors que chaque fleur devient un écrin de perles, chaque feuille une rivière de diamants, il n'y a aussi rien de plus doux que la convalescence d'une jeune femme lorsque l'amitié, la confiance, une parfaite communauté de sentiments viennent consoler deux cœurs troublés.

Il n'y a qu'un mal dont le cœur ne guérit pas, c'est le souvenir d'une faute. Laure avait été si pure, si tendre, si dévouée, que ce n'était pas une faute qu'elle avait à se faire pardonner, c'était une inexpérience et une maladresse dont elle prenait bien son parti.

Simon se sentait plus coupable; mais il

comptait sur une clémence à laquelle il lui était doux d'avoir recours, parce qu'il avait encore bien du temps devant lui, bien des belles années de force et de jeunesse pour réparer sa méchante action.

On croirait presque qu'elle faisait un peu la malade, la malicieuse, l'heureuse Laure, car elle prolongeait une situation si douce, et cependant ses couleurs, sa fraîcheur, sa vivacité, sa gaieté de jeune fille revenaient à plaisir ; mais elle avait peut-être peur de perdre son assidu de tous les instants aussitôt qu'elle serait rétablie.

Il fallut bien se lever cependant par une belle matinée, et, en s'appuyant bien fort sur le bras de Simon, descendre l'escalier à balustre garni de clématite et d'aristoloche à larges feuilles.

Le déjeuner était préparé sous un ber-

ceau près de la grotte murmurante. Hermine, le chat favori, se frôlant contre la
robe de sa maîtresse, voulait appeler son attention et être de la fête. Le jardinier avait
placé des fleurs nouvelles, selon les instruc-
tions de Simon. Jamais le jardin n'avait
paru si joli, et Laure, avec son peignoir
blanc et rose et ses beaux cheveux tombant
sur ses épaules en torsades d'or bruni, n'y
faisait pas mauvaise figure. Le chalet était
comme enseveli sous les lianes; et les rosiers en fleur assiégeant les balcons faisaient
pâlir les rideaux roses.

Laure, enivrée de ce calme, de ce repos
d'esprit, de ce parfait accord, de l'harmonie
de cette charmante nature, aussi admirable
dans ses plus petits tableaux que dans ses
scènes imposantes (*maxime in minimis mi-
randa*), la jeune convalescente bénissait

presque les malheurs passés qui lui valaient des heures si douces. Appuyée sur le bras de son mari, elle lui répétait ces jolis vers de madame Tastu, que Simon lui avait déclamés un jour :

« Nos maux ne seront plus qu'un léger souvenir,
Triste et doux entretien de nos jours à venir. »

Son premier désir, car elle connaissait toutes les délicatesses du bonheur, tout le raffinement des âmes tendres, son premier besoin fut de faire participer à cet heureux jour ceux qui souffraient autour d'elle.

Elle ne pouvait encore songer à sortir; elle voulut envoyer Simon au fond de la ruelle voisine, chez une mère de famille qui, avec peu de ressources, avait autour d'elle cinq à six enfants à élever. On trouve cela partout; qui n'a pas sous la main la pauvre mère aux six enfants?

Laure lui fit porter de l'argent et des ha-
bits qu'elle avait préparés dans ses loisirs,
car elle savait que ce n'est pas assez de fournir de l'étoffe aux pauvres gens; le temps
leur manque; il leur faut du *tout fait*. Mais
comme les enfants n'auraient pas été sensi-
bles à ce qui n'était qu'utile, elle remplit un
grand panier de gâteaux, de fleurs, de fruits,
de jouets qu'elle avait en réserve, et il lui
sembla qu'elle était un peu soulagée de son
bonheur en envoyant un peu de son cœur
aux faibles et aux souffrants.

L'heureux Simon, chargé d'une mission
qui lui faisait encore apprécier la bonté de
sa chère femme, avait retrouvé sa verve poétique : cherchant dans son inépuisable mémoire une citation de circonstance, il tenait
du bras gauche le grand panier de provi-
sions, et, s'aidant du bras droit, il com-

12

mençait à déclamer ces vers d'un poëte inconnu :

« Venez à moi, douleur, plainte, misère, alarmes,
Venez, vous qui pleurez, je sécherai vos larmes. »

« Vas-y, dit Laure, tu me diras le reste après, ou bien pose ton panier. »

Mais Simon, sans l'écouter, continuait gravement :

« Venez, vous qui souffrez, et vous serez guéri ;
On peut donner toujours sans en être appauvri,
Et le cœur qui s'épanche est la source féconde
Qui verse un or plus pur que tout l'or de Golconde.
Je suis le messager de l'ange de bonté... »

En faisant un mouvement trop prononcé, Simon laissa tomber un gâteau et une poupée.

« Eh bien, dit Laure perdant un peu patience, l'ange de bonté prie son messager de faire attention à ce qu'il porte et de revenir bien vite. »

Elle ramassa et essuya les deux objets, les replaça et les consolida dans le panier, et congédia Simon qui répétait pour son compte :

« Je suis le messager de l'ange de bonté... »

La porte qui se ferma sur lui empêcha d'entendre la suite.

XVII

PASTORALE

Les pauvres gens, quand ils ne sont pas aigris par le malheur ou pervertis par de mauvaises influences, sont plus touchés de l'estime et de la sympathie qu'on leur témoigne que du secours même qui leur arrive. La charité est un art. C'est le cœur qui apprend à donner. Une offrande distribuée avec hauteur ou avec dédain perd son prix, il faut le dire; elle double de valeur, au con-

traire, si une parole d'amitié et d'encoura-
gement l'accompagne.

C'est bien ce que savait François Simon,
dont la physionomie ouverte, la bonne parole et la familiarité apportaient déjà la joie
et la confiance.

Aussi la famille fut heureuse quand il
entra en portant bravement son grand panier; les petites mains se tendirent vers les
fleurs, les fruits, les gâteaux, les joujoux;
la mère avait bien du mal à faire la police :
elle était persuadée qu'elle passerait pour
élever très-bien ses enfants en les grondant
bien fort. Personne ne fut oublié dans la
distribution.

L'enfant pour lequel Simon gardait ses
préférences était le protégé de Laure, le
petit Pierre, faible, infirme et maladif, qui
ne pouvait prendre part aux jeux bruyants

12.

de ses frères et sœurs. Il était blotti aux ge-
noux de sa mère sur un petit tabouret dont
il ne pouvait bouger. Ce fut lui qui eut la
meilleure part. C'était aussi lui que, par
une grâce providentielle, par un instinct su-
blime de la charité, la mère aimait le plus
tendrement.

Le pauvre petit éleva vers Simon ses
grands yeux bleus mélancoliques, lui tendit
les bras, un sourire effleura sa figure amai-
grie, et il retomba dans son abattement.

Les regards de Simon et de la mère se
rencontrèrent; mais il n'y avait rien à se
dire de plus. Navrant spectacle, qui doit dé-
concerter les prometteurs d'égalité; ils n'oublient que le droit du malheur.

Simon porta à Laure les remercîments de
la famille, et lui raconta ces choses dignes
de pitié.

« Que tu as bien fait de gâter mon petit Pierre, dit Laure attendrie; c'est ceux-là qu'il faut aimer. C'est à nous, reprit-elle après un silence, qu'il faudrait cette pauvre créature, nous passerions notre vie à l'amuser, à le consoler de ses souffrances, et peut-être nous pourrions le guérir. »

Et elle restait pensive.

Pour changer le cours de ses idées, Simon lui proposa de faire le tour du parc, ce qui n'était pas au-dessus de ses forces, vu les dimensions de l'immeuble. Elle passa près du colombier; le pigeon solitaire ne chantait plus. Elle avait bien envie de prier Simon d'aller le lui chercher, mais elle craignait de rappeler l'attaque à main armée dans laquelle avait succombé une innocente victime, et elle passa sans rien dire. Elle fit aussi un détour pour éviter les batteries du

kiosque qui était devenu pour elle un fort
détaché : tous ces souvenirs étaient encore
trop récents pour ne pas la troubler.

Après s'être reposée avec Simon sur la
pierre du mausolée qui lui rappelait les émotions de sa dernière promenade, elle revint
sur la pelouse qui règne derrière le chalet.
Elle y trouva son chat blanc, Hermine, qui
l'attendait gravement, et qui, en la regardant fixement, semblait étonné que, dans ce
jour de fête, on ne lui demandât pas un
échantillon de ses talents.

Il n'y a rien d'indifférent dans la nature;
les moindres traces d'instinct et d'intelligence chez les animaux sont encore une par-
celle du souffle divin, une merveilleuse éma-
nation de la puissance souveraine. Ce sont
les demi-teintes, les nuances, les harmonies
qui unissent ou rapprochent tous les êtres.

C'est du moins ce que, dans son ignorance, comprenait ou devinait Laure, qui n'avait que la science du cœur.

Alors François, interprétant la pensée de Laure, joignant ses mains et arrondissant ses bras en cerceau, fit sauter Hermine, qui prenait son élan et montrait dans cet exercice autant d'habileté qu'un écuyer du cirque. Quand Hermine était fatigué, il appuyait sa tête blanche sur la main de sa maîtresse comme pour demander une récompense. Heureux temps que celui où de telles *naïvetés* apportent encore leur petit contingent de bonheur !

Laure étendit sa charité jusqu'à ses pintades, auxquelles elle distribua les miettes du déjeuner. Elle n'oublia pas même ses poissons rouges, qu'elle avait négligés et qui acceptèrent son offrande avec avidité;

mais elle leur supposait une reconnaissance qui n'était vraiment que dans son heureuse imagination.

Ainsi se passa devant la rampe du chalet aux rideaux roses, éclairée *a giorno*, cette pastorale improvisée, avec accompagnement des oiseaux chanteurs, et dont le cœur avait dicté le *libretto*.

XVIII

LE VRAI ET LE FAUX

Pour satisfaire au premier désir de Laure,
qui ne pouvait plus voir ses boucles d'oreilles, cause de tant de malheurs, Simon,
s'échappant un matin, avait commencé par
encaisser chez Rothschild le montant de la
traite échue, et il s'était présenté chez M. Léopardi, qui était déjà sorti. Il laissa un mot
pour l'informer que sa femme était malade,

et qu'il était venu de sa part pour rendre la somme avancée, ainsi que les pierres fausses, et reprendre les diamants.

« Je l'aurais juré, pensa Léopardi en ouvrant la lettre ; c'est une expérience que j'ai voulu faire. Je l'avais dit : le mari sait déjà toute l'affaire. Il y a longtemps que cela est écrit :

« Rien ne pèse tant qu'un secret ;
Le porter loin est difficile aux dames. »

J'aurais pourtant défié le mari le plus clairvoyant ou tout autre, ajouta-t-il en souriant, de distinguer entre le faux et le vrai. La pauvre enfant aura parlé. Quelle bonne créature ! Non, j'en conviens, je n'ai pas toujours une pareille clientèle. »

M. Léopardi résolut d'aller lui-même savoir des nouvelles de la malade ; car il supposait que quelque émotion avait pu agir sur

cette santé, d'ordinaire si florissante, et déterminer une confidence qui ne pouvait avoir
eu lieu sans soulever quelques orages.

Il se présenta donc au chalet d'Auteuil le
jour même où la lettre de Simon lui était
parvenue. On le reçut au jardin, et la sérénité qu'il remarqua sur le visage des deux
époux lui fit voir au premier coup d'œil qu'il
n'avait à intervenir dans aucune réconcilia-
tion.

« Vous allez, dit-il, me croire bien pressé
de redemander mon argent; je m'expose
volontiers à ce reproche pour avoir le plaisir
de contempler un heureux ménage.

— Comme vous avez été bon ! répondit
Laure en lui tendant la main. Mais je n'ai
pas su mentir; je n'ai pas assez d'esprit, je
me suis trahie tout de suite.

— Je vous l'avais bien dit, reprit Léopardi, abusant de ce mot cruel qui est si souvent de circonstance pour les prophètes de malheur.

— J'espère, dit Simon, que vous avez eu la bonté de rapporter à Laure son reçu, vous qui avez été assez généreux pour être complice de cet innocent mensonge.

— Je suis presque honteux de vous le présenter, répondit Léopardi; mais je comprends que vous veuillez faire disparaître toute trace de cette négociation. »

Simon était allé chercher les billets de banque et les boucles d'oreilles, qu'il posa sur la table du jardin. M. Léopardi tira son reçu de son portefeuille et le présenta avec cérémonie à Laure.

« Quel bonheur! dit Laure en prenant le reçu et en le lisant à haute voix avec emphase. Vous voyez, monsieur, ajouta-t-elle en se tournant vers Simon, si je sais faire les affaires; tout est prévu. Et... mes diamants? ajouta-t-elle en tendant la main vers Léopardi; mais je vous dois des intérêts?

— Que voulez-vous dire? reprit M. Léopardi. Ces trois mille francs étaient dans ma caisse; je vais les y remettre, vous ne me devez rien. Quant à vos diamants, vous les avez; que demandez-vous encore?

— Pas de mauvaise plaisanterie, dit Laure en riant et en continuant de tendre la main.

— Je vous jure que vous les avez, répondit Léopardi en lui présentant l'écrin. Si vous doutez de moi, vous pouvez les faire vérifier par tous les experts du monde. Quelqu'un vous a-t-il dit qu'ils étaient faux?

— Non; mais vous-même me l'avez dit.

— J'avais peut-être mes raisons pour cela. Je ne voulais pas vous exposer à un affront en vous prêtant de fausses pierres; si vous avez été trahie, ce ne peut être que par votre conscience.

— Je n'y suis plus, dit Laure confondue; je ne sais plus distinguer entre le vrai et le faux.

— Mais, dit Simon, prenant à son tour l'écrin et l'examinant avec attention, pourquoi auriez-vous agi avec cette confiance? Si nous n'avions pu vous rendre votre argent, vous n'aviez donc rien entre les mains?

— J'avais votre honneur; cela ne vaut-il pas tous les gages? Je ne risquais pas grand'-chose, comme vous voyez. Enfin, qui vous a dit que ces pierres étaient fausses?

— C'est Laure elle-même, qui n'a pas su me tromper longtemps.

— Et les avez-vous fait voir à un connaisseur?

— M. Bezuché les a vues ici l'autre jour et les a déclarées diamants du Brésil de fort belle eau, mais...

— M. Bezuché, l'ancien commissaire-priseur? interrompit M. Léopardi. Si vous avez un tel expert, vous pouvez être tranquilles; mais vous n'avez qu'à faire le tour du Palais-Royal, les bijoutiers vous diront ce qui en est.

— Il fallait donc me prévenir! s'écria Laure.

— Je ne voulais pas de vos diamants. Qui me dit que vous auriez voulu de mon argent? Et cependant il le fallait le jour même; c'était à vous de garder votre secret. »

Laure, après avoir réfléchi sur cette révélation, fut très-émue, et, comme elle n'avait pas encore recouvré toute sa force, elle ressentit le contre-coup de la crise dangereuse dont elle n'était pas bien remise.

15.

« Oui, dit-elle vivement, et c'est vous qui êtes cause que ce pauvre pigeon... Vous ne savez donc pas que Simon a tiré un coup de fusil? Voilà ce que c'est : Simon avait besoin d'argent; moi j'attendais les onze obligations, et, comme elles n'arrivaient pas, j'avais écrit un billet; et, quand le pigeon est tombé, vous comprenez?

— Rien du tout, dit Léopardi, regardant avec étonnement les deux époux.

— C'est trop drôle, continua Laure, reprise tout à coup d'un accès de gaieté. Et ce pauvre M. Bezuché, il ne pouvait donc rien comprendre non plus quand je lui recommandais de ne pas dire de mal de mes diamants? Je ne m'étonne plus; moi qui croyais... Ah! le brave homme! Je lui dois bien des excuses. »

Elle s'interrompit pour rire encore. Simon lui prenait les mains et la priait de se calmer.

« Mes amis, dit M. Léopardi, je vous demande bien pardon ; je reviendrai quand vous serez en état de me parler raison. Pour le moment, votre pigeon, votre coup de fusil, vos obligations, votre M. Bezuché, je n'y suis plus du tout. Gardez votre argent, prenez vos sûretés, et surtout calmez-vous ; je reviendrai la semaine prochaine.

— Est-ce que je pouvais me douter de votre malice? dit Laure un peu remise de son accès de gaieté nerveuse.

— Et qui vous blâmerait? dit M. Léopardi avec bonté. J'avais deviné que vous étiez incapable d'une longue dissimulation ; c'est bien ce que j'avais lu dans votre physionomie. Voyez-vous, en affaires, pour nous autres, la première condition, c'est d'être physionomiste, j'ai la prétention de me connaître aussi bien en figures qu'en diamants.

— Alors, dit Laure en le regardant, lisez sur ma figure si je suis touchée de votre bonté; car, moi, je ne saurais vous le dire. »

Elle s'arrêta tout émue.

« Ne parlons plus de cela, reprit M. Léopardi en lui tendant la main ; tout est bien qui finit bien. »

Simon eût été bien fâché d'ajourner le remboursement ; il connaissait trop M. Léopardi pour douter des diamants qui étaient en ses mains. Il compléta par quelques explications plus compréhensibles le récit assez incohérent que Laure n'avait fait qu'ébaucher.

Madame François Simon, mieux informée, se promit bien d'aller visiter avec son mari le castel de M. Bezuché, et de réparer par beaucoup d'empressement son injuste prévention contre l'innocent et incorruptible commissaire-priseur.

———

XIX

LE DÉPART DE CHÉRUBIN

Une voiture s'arrêta le lendemain à la porte du chalet d'Auteuil. C'était M. Leblanc et Cinéas ; il était dit que celui-ci porterait toujours quelque chose. Cette fois il tenait encore une cage, qu'il remit entre les mains de la bonne.

« Je ne devais venir que demain, dit M. Leblanc à voix basse à sa nièce, mais j'ai reçu ton messager.

— Quel messager? dit Laure très-sur-
prise.

— Eh bien, le pigeon, comme c'était
convenu, reprit confidentiellement M. Leblanc.

— Quel bonheur! le pigeon est revenu,
s'écria Laure en appelant son mari. Embras-
sez-moi, mon bon oncle; vous avez retrouvé
le pigeon? J'y tenais beaucoup; si vous sa-
viez...

— Comment? demanda M. Leblanc; il
n'y a donc plus de mystère ici? Et tu me
laisses avec mon rôle de confident?

— Vous pouvez tout dire, reprit Laure,
Simon sait tout.

— Il est plus avancé que moi, dit sérieusement M. Leblanc; mais, ce que je sais,
mademoiselle, c'est que vous avez laissé cas-
ser une patte à ce pauvre animal, qui res-

tera boiteux toute sa vie. Une si jolie bête !
Je suis bien bon de le rapporter; encore si je
savais qui a fait ce mauvais coup, je deman-
derais des dommages-intérêts. Cela ressem-
ble à un coup de feu; c'est à n'y rien comprendre. »

Cinéas était allé prendre dans la cage le
pigeon blessé et l'avait mis, en tremblant,
dans les mains de Laure.

Elle tenait l'oiseau sans rien dire; elle
regardait Simon comme pour lui demander
secours. Il était bien impossible à Simon de
convenir qu'il avait tiré sur le pigeon de son
oncle; celui-ci n'aurait jamais pardonné
cette tentative de meurtre et n'aurait pas
mieux compris que M. Léopardi l'intrigue
de ce drame. Il fallait cependant parler.

Simon, glissant sur les détails qui le con-
cernaient, raconta seulement que le pigeon,

expédié depuis longtemps avec un message, avait été sans doute recueilli par des gens charitables qui l'avaient guéri et lui avaient ensuite rendu la liberté.

« C'est admirable, s'écria M. Leblanc ; voyez comme le noble animal a retrouvé son chemin après ses aventures : il est venu tout droit se poser sur ma fenêtre. »

Laure baisa la belle tête de l'oiseau, comme pour lui demander pardon ; et, regardant Simon, elle semblait lui dire : « Voilà que nous mentons encore ! »

Simon alla chercher le numéro du *Monde illustré* où tout cela, sauf le retour de l'oiseau, était écrit mot pour mot. M. Leblanc lut l'article avec curiosité; il y trouva en toutes lettres, selon l'intention charitable du chroniqueur, le message qui finissait par lui parvenir : « *Si les onze n'arrivent pas*

11 .

*avant lundi, je suis perdue; il faudra tout
dire.* » Puis il regarda la date du journal.

« 5 juillet! s'écria-t-il, et nous sommes
au 15? Mais alors... tu es donc une femme
perdue, toi? tu as pourtant l'air bien tranquille. »

En même temps il mettait sur la table un
paquet qu'il développait, et il en tirait les
onze obligations du chemin de Lyon qui s'é-
taient fait si longtemps attendre.

« Nous n'en avons plus besoin, mon bon
oncle, dit Simon, vous arrivez trop tard.

— Comment, trop tard! le pigeon est
arrivé ce matin, et me voilà! Est-ce ma faute
à moi si quelque méchant braconnier a tiré
sur cette innocente créature? En tout cas,
ce n'est pas à vous que je parle, monsieur
François Simon, c'est à ma nièce; elle m'a
demandé des valeurs, les voilà; on ne dérange

pas pour rien un honnête homme qui fait ses foins. Il faut bien qu'elle en prenne livraison. Du reste, je suis son tuteur, et, si vous voulez le savoir, je les avais oubliées sur la dot; Cinéas est là pour le dire. »

Cinéas essaya en effet de parler, et parvint, à grand'peine, à rendre témoignage pour son père.

« C'est impossible, mon oncle, dit Laure affectueusement, vous êtes trop généreux; je voulais vous emprunter ces obligations, je n'en ai plus besoin, je vous les rends et je vous en remercie de tout cœur.

— C'est un peu fort, s'écria M. Leblanc; comment trouves-tu cela, Cinéas? voilà comme on traite ici les indigènes de Saint-Cloud.

— Ma cousine, dit enfin le bachelier avec plus d'assurance qu'on n'aurait pu en attendre de lui, vous voulez donc faire de la peine à mon père? vous voulez lui laisser croire que vous le prenez pour un homme intéressé et que vous ménagez ses intérêts de famille, comme si nous n'étions pas une seule famille, comme si je ne vous avais pas toujours regardée comme une sœur, et quand je serai parti, vous serez peut-être fâchée de lui avoir fait de la peine, et moi je ne le saurai pas, car je viens vous dire adieu; vous savez, je pars pour l'Espagne, et, puisque je m'en vais, je croyais que vous auriez pu faire ce plaisir à mon père, qui va se trouver bien seul... »

Jamais Cinéas n'en avait dit si long; l'émotion l'empêcha de continuer.

« Pauvre Cinéas! dit Laure en lui tendant franchement la main; il me fait peine. François, dis-lui de se consoler et de ne pas nous quitter ainsi.

— Cinéas sera encore en famille, dit Simon; il s'entendra très-bien avec Raoul, et toi, Laure, je veux que tu obéisses à ton oncle.

— Mon oncle, dit Laure, je me soumets; nous ferons tout ce que vous voudrez : au fait, une obligation de plus ou de moins, nous n'y regardons pas de si près. Mais je vous avertis que je ferai la part des pauvres. J'avais besoin d'argent pour mon protégé.

— Cela te regarde, dit M. Leblanc; une charité faite par tes mains sera plus douce; tu changeras le cuivre en or. Mais sans Cinéas, je crois vraiment que j'avais tort. Et maintenant, prenez garde à vos pigeons, ne les séparez plus; ils en mourraient. »

Le reste de l'entrevue se passa dans un parfait accord. Cinéas prit congé de tout le monde, sans oublier la bonne ni le vieux jardinier.

« Tu n'as pas embrassé ta cousine, dit M. Leblanc quand ils remontèrent en voiture.

— Nous nous sommes dit adieu, » dit Cinéas avec une indifférence affectée.

————

XX

L'ORDONNANCE DU DOCTEUR

Quelques jours après, Simon avait repris ses travaux ; le matin, après le premier déjeuner en tête-à-tête, on le voyait partir gaiement, son grand portefeuille sous le bras.

Laure, à peu près rétablie et tout heureuse, se livrait comme autrefois à ses occupations favorites. Elle avait commencé par

. visiter la femme aux six enfants. L'état du petit Pierre, qu'elle avait trouvé de plus en plus pâle et abattu, lui avait paru si alarmant, qu'elle amena le lendemain avec elle le docteur, qui examina l'enfant avec le plus grand soin.

« Que voulez-vous, disait le docteur en reconduisant Laure au chalet, un rez-de-chaussée humide, sans cave au-dessous, une petite chambre presque sans air et sans lumière pour cette faible créature, c'est la mort. Encore ses frères et sœurs peuvent courir toute la journée et respirer; mais cette pauvre petite plante, elle languit et se meurt. Pour un malade, une maison humide vaut son pesant d'arsenic. C'est bien la peine de vivre à la campagne pour s'enterrer dans un caveau. J'aimerais mieux les voir au cinquième étage dans un faubourg; ils seraient plus près du ciel. Ce qu'il y a de plus affreux pour nous, c'est de voir des maux que nous ne pouvons soulager.

— En attendant, que faut-il faire? demanda Laure.

— Mes ordonnances n'y feront rien. Il n'y en a qu'une qui pourrait le sauver. Trouvez moyen de le tirer d'ici, de lui donner une habitation saine, du grand air, un rayon de soleil, et je suis persuadé qu'avec des soins et un bon régime l'enfant se rétablira, mais il n'y a pas de temps à perdre. »

Laure fut saisie d'une grande tentation : elle avait la place, l'air, la lumière, l'argent, elle avait le besoin de se dévouer à une petite créature, et elle avait le cœur qui rend tout possible et facile.

« Et si nous le prenions chez nous, dit-elle, en répondriez-vous?

—Chez vous! il n'y a aucun doute, ce serait la perfection; mais quelle folie d'y penser! la mère ne voudra pas s'en séparer, et M. Simon, que dira-il?

— Je me charge de tout, dit Laure. Pierre m'aime beaucoup; sa mère a confiance en moi; elle pourra d'ailleurs le voir à toute heure. Quant à Simon, il fera ce que je voudrai. Vous savez que nous avons plusieurs pièces qui ne nous servent à rien. La chambre verte, qui est au levant, sera notre infirmerie; nous descendrons quelquefois notre enfant au jardin. Pouvons-nous laisser souffrir un pauvre petit être quand il nous est si facile de le soulager? Docteur, vous nous aiderez.

— Vous êtes la bonté même, dit le docteur; si vous faites cela, nous le sauverons, et Dieu vous récompensera. »

Tout étant ainsi convenu, Laure n'eut pas de peine à déterminer la mère à lui donner en pension le petit Pierre, qui en parut très-content. Malgré sa ferme résolution de ne plus mentir, elle aimait les surprises, et, ne doutant pas de l'approbation de son mari, elle avait fait ses préparatifs. Un petit lit bien doux était installé dans la chambre verte ; une femme de confiance était retenue pour coucher sur un pliant dans la même chambre, si l'enfant avait besoin de soins. Rien n'était oublié, et Simon n'avait rien vu.

Cependant la jeune femme paraissait quelquefois fatiguée et languissante. Était-ce parce qu'elle avait dépensé son énergie dans des combinaisons au-dessus de ses forces et dans des crises successives ? Ce ne fut pas l'avis du docteur, qu'elle consulta confidentiellement pour son compte.

Nous l'avons déjà vu à l'œuvre; nous avons apprécié son expérience et sa sagacité. Il ne voulut pas s'alarmer de cette indisposition, et, après avoir observé longtemps la jeune femme, il écrivit d'une main sûre une ordonnance dont Laure paraissait deviner le contenu, et qui pouvait se résumer en un seul mot.

Laure fit avec une grande joie quelques dispositions mystérieuses dans la petite chambre bleue qui touchait à la sienne; mais elle-même était impatiente de parler, et elle attendait la première occasion pour révéler tous ses secrets à son mari.

Un beau soir Simon et Laure revenaient avec plaisir sur le temps passé; ils s'entretenaient en toute liberté des grands événements qui s'étaient accomplis. Ils ne faisaient plus que sourire de ce qui les avait affligés. Ils parlaient de Cinéas, qui avait montré un si bon cœur et qui commençait à se former ; de la générosité de l'oncle Leblanc, qui voulait faire passer un bienfait pour une dette, afin de ne pas demander de reconnaissance ; de la délicatesse de M. Léopardi, de la sûreté de coup d'œil de M. Bezuché, du courage et de l'instinct du pigeon voyageur. Enfin, comme les gens satisfaits, ils trouvaient autour d'eux tout pour le mieux.

« Eh bien, ma chère amie, dit Simon, nous qui cherchions, chacun de notre côté, ces trois mille francs qui nous ont donné tant de peine, nous voilà bien riches, grâce à ton oncle et à quelques fonds qui me sont rentrés, et nous n'avons pas de dépenses extraordinaires.

15

— On ne sait pas ce qui peut arriver, » dit Laure sentencieusement.

Elle lui raconta alors les projets qu'elle avait faits, d'accord avec le docteur, pour sauver le petit Pierre.

« Prends garde, mon enfant, dit Simon, je ne puis qu'approuver tes intentions, mais ton bon cœur peut t'entraîner. C'est une grande responsabilité.

— Ce serait trop commode, mon ami, d'avoir peur de tout. Il faut prendre garde pour le mal, mais c'est pour le bien qu'il faut oser. La mère n'est-elle pas près de nous? Elle reprendra l'enfant quand elle voudra.

— Mais qui aura soin de lui? Comment feras-tu?

— C'est fait, dit Laure en le faisant entrer dans la chambre verte; tout est prêt.

Me permets-tu d'envoyer chercher le pauvre enfant? Vois comme il sera bien ici. Quel bonheur si nous le sauvions!

— Tu es donc une bonne fée? Comme tout cela est bien arrangé! Et moi qui n'ai rien vu! Tu as bien fait, et je t'aiderai.

— Merci, mon ami; mais tu oublies quelque chose. Et la récompense que je t'ai promise?

— Je ne demande rien.

— Rien que cela, » dit Laure en lui prenant la main et en ouvrant la petite chambre bleue.

On y voyait un joli berceau d'enfant, une vraie corbeille de fleurs.

« Comment! s'écria Simon au comble de la joie. Est-ce bien vrai?

— N'as-tu pas de quoi l'élever? demanda sérieusement Laure.

— Je lui apprendrai à t'aimer, dit Simon en lui tendant la main.

— Et moi, ajouta Laure, *à ne jamais mentir.* »

. . . .

Ils croyaient, ils aimaient. Ils attendaient à l'orient le pauvre enfant qui gémit sur un lit de misère, au couchant le petit ange qui sourit dans un berceau de fleurs. — Quel beau soir! La foi s'endormait entre la charité et l'espérance sous les pignons verdoyants du chalet aux rideaux roses.

FIN

TABLE

—

PARIS. — IMP. SIMON RAÇON ET COMP., RUE D'ERFURTH. 1

www.ingramcontent.com/pod-product-compliance
Lightning Source LLC
Chambersburg PA
CBHW070907030726
47504CB00005B/1488